KB264541

영혼의 약국

영혼의 약국
Copyright ⓒ 허태수 2004

지은이 허태수
펴낸이 박진희
펴낸곳 나무의 꿈

초판 1쇄 인쇄 2004년 5월 15일
초판 1쇄 발행 2004년 5월 20일

등록 제 10-1812호 1999년 8월 19일
주소 서울시 마포구 상수동 171 1층
전화 02)332-4037~8 팩시밀리 02)332-4031

ISBN 89-91168-05-1(03810)

값 9,000원

영혼의 약국

허태수 지음

나무의 꿈

그 누구도 의사이며, 어떤 것도 약이 되는…

아침형 인간이 되어야 한다고들 합니다. 남들보다 일찍 일어나서 뛰자는 것이지요. 그래야 하나라도 더 주머니에 들어올 게 있지 않겠느냐는, 뻔한 이유 때문이 아니겠어요?

중학교 3년 내내 30리 길을 걸어서 통학을 했습니다. 집으로 돌아오는 시간은 언제나 밤이었지요. 산길은 늘 무서웠는데, 우리는 자신의 발자국 소리에 놀라 뛰곤 했습니다. 무서워서 뛰었지요. 뛰면 무서움이 따라올 수 없다고 생각했는지 몰라도, 뛰면 뛸수록 무서움은 더 커지더군요. 뛸수록 더 무서워지는데 왜 뛰었는지 그때는 몰랐습니다.

열병이 걸리면 무조건 앞을 보고 전속력으로 달리는 아프리카의 부족이 있었답니다. 병이 자기를 좇아오지 못하도록 빨리 달아나면 된다는 생각 때문에 그렇게 한다는 거죠. 가뜩이나 신열로 들뜬 환자가, 숨은 턱턱 막힐 테고, 사지는 맥이 빠져 흐늘거릴 텐데 그렇게 질주를 하면 도리어 죽음을 재촉하지 않았을까요? 지금 생각해 보니 나와 내 친구들도 아프리카의 부족처럼 생각했던 모양입니다.

그러나 이게 어디 30년 전 소년의 알싸한 추억이거나 아프리카 부족만의 일이겠습니까. 지금도 대개는 이렇게 살고 있지 않습니까? 가난의 자리에서 떠나기 위해, 불행한 모든 운명으로부터 벗어나기 위해 더욱 '빡세게' 뛰고 있지 않습니까?

그럴수록 더욱 가난해지고 더욱 위험해지고 더욱 운명의 함정에 깊숙이 빠져 듭니다. 어디를 향해 뛸 것인가! 아무리 뛰고 또 뛰어도 토인들은 자기의 숲을 떠나지 못할 것입니다. 새로운 지평이나 섬에 이르기 전에 그들보다 먼저 앞질러 서 있는 열병을 만나게 될 것입니다. 마치, 더 큰 무서움이 달리는 우리 앞에 기다리고 있다가 왈칵 덤벼든 것처럼 말입니다.

이제는 뛰지 말아야 합니다. 그렇다고 주저앉자는 이야기가 아닙니다. 체온계를 입에 물고 빨간 수은이 가리키는 눈금을 읽자는 것입니다. 산맥처럼 오르내리는 신열의 파도를 타고 더 높은 산정에 올라 자신의 고통을 굽어보자는 것입니다. 그렇게 해서 36도 5분이 인간의 평상 체온임을 알자는 것이지요. 이것이 열병에 들뜬 사람들의 질주를 멈추게 하고, 다시 그들을 집으로 돌아오게 하는 길이 아니겠어요?

장날, 좌판에는 유통 기간을 묻지 않는 물건들이 가득했었습니다. 사람들은 각기 자기의 필요에 따라 물건을 고르고 흥정하곤

했습니다. 그래도 아무 문제가 없었습니다. 그저 장날은 '기다림'이었고, '흥분'이었고, 조건 없는 '기쁨'이었습니다. 딱히 어떤 물건 때문에 생의 리듬감을 회복하거나 치료하지 않는, 행위 자체로 즐거움을 누리고 치료하고 회복하는 것이었습니다. 그것이 옛날의 '장(場)'이었습니다. '필드(field)' 말입니다.

'영혼의 약국'이라는 간판을 붙이고 아침마다 유통 기간이 있을 리 없는, 출처 불명, 약효 불명의 약들을 좌판에 내놓고 있습니다. 더러 '제조 회사'를 묻기도 하고, '약효'를 의심하기도 하고, 자격증이 있느냐고도 하지만, 그 어느 것 하나도 충족될 수 없는 그런 상점의 상품들입니다. 그러면 무엇 땜에 이런 약을 팔고 있을까요? '장' 때문입니다. 옛날의 그 장 말이죠. 생의 아름다운 에너지를 극대화시키는 '장날'을 만들고 싶었기 때문입니다. 그 누구도 의사가 되고, 무엇이나 약이 되는 그런 '날'의 '장' 말입니다.

많는 사람들이 '장'에 나와 자신의 것들을 팝니다. 파는 것은 다 다르지만 우리는 모두 장날이 되면 장에서 만나는 떠돌이 장사꾼입니다. 기쁨의 마당을 가꾸며 돌아다니는 '친한 세균'들입니다. 고맙다는 말입니다.

夢遊之石　허태수

2004. 5

6

【 차 례 】

존재를 누리며 살기

짐 캐리가 나오는 『브루스 올마이티Bruce Almighty』라는 영화가 있습니다.

심신이 피곤해진 하나님이 일주일간 휴가를 가기로 했죠. 휴가 기간 동안 말썽 많고 탈 많은 세상을 누구에게 맡길까 하다가 불평 분자 브루스를 부릅니다.

"나한테 그토록 불만이면 세상을 어디 네 멋대로 살아 봐라."

하나님의 능력을 갖게 된 브루스는 하고 싶은 대로 합니다. 교통 혼잡에 서 있는 자동차를 날아오르게도 하고, 햄버거 집의 토마토 케첩을 홍해의 물처럼 갈라지게도 만듭니다. 그러나 점차 그는 곤경에 빠져 듭니다. '이것 해주세요. 저것도 주세요' 하는 사람들의 불만에 브루스는 놀랍니다.

하나님의 전능을 가졌지만 그의 삶은 생기를 잃어 가기 시작합니다. 사랑하는 여인도 떠나갑니다. 브루스는 이제 제자리로 돌아오고 싶어합니다. 그리고 하나님께 항복합니다.

보통 사람이 된 브르스는 작고 사소한 일에 감동하며 삽니다.

　가까운 이웃들을 도우며 살아가는 그가 하는 마지막 말은 “Be the miracle(기적이 되라)!”.

　구하는 것의 응답이 아니라 ‘존재를 누리며 사는 것’이 기적입니다.

실로 그 무엇도 아님으로 인하여
당신은 모든 것이 되신다.
아무 소리 들리지 않음으로
무한한 말씀이시며
칠흑의 어둠 억겁으로 두터워
당신은 눈부신 광명이시다.
홀연히 사라진 만상의 종적
그 맑디맑음으로 만상이 있나니
참으로 있는 것이 있다면
그것은 아무것도 없는
그저 당신뿐이시다.

저는 삶을 의도하지 않습니다

2003년 가을 C.B.S 사보에 「저는 삶을 의도하지 않습니다」라는 제목으로 정진홍 교수의 글이 실렸습니다. 순종이니 순천이니 하는 흔해 빠진 문자를 밀쳐 두고 곱게 풀어 쓴 마음이 궁금해서 읽게 되었습니다.

아들이 하나 있는데, 어머니를 일찍 여의고 잘 자라서 장가 갈 나이가 되었답니다. 마음에 드는 처녀를 만나 결혼 준비를 혼자 했는데, 어느 날 아버지를 찾아와 이렇게 말하더랍니다.

"아버지. 결혼 준비를 다 마쳤는데도 이틀 정도 여유가 생겼어요. 이제 기도하면서 기다리겠어요."

"그래야지. 어머니가 계시면 얼마나 좋아할까. 네 어머니도 분명 너에게 복을 주십사고 하느님께 기도하실 거야. 우리도 하나님께 간절히 기도하자."

"아버지. 저는 하나님께 축복해 달라고는 기도하지 않을 거예요. 그저 열심히 최선을 다해 살겠어요. 그리고 가끔, '하느님 이렇게 살면 돼요? 괜찮으시면 웃어 주세요' 하면서 하늘을 비라보곤 하겠어요."

마음을 지어 먹지 않는 사람은 부드럽습니다.
의도하지 않고 사는 사람의 삶은 흐르는 물처럼 곱습니다.

뛰어난 사람이 도를 들으면 곧 실천하고
평범한 사람이 도를 들으면 반신 반의(半信半疑)하고
어리석은 사람이 도를 들으면 소리 내어 웃는다.
어리석은 사람이 크게 웃지 않으면
그것은 도일 수 없다.
그래서 예로부터 이르기를
광명으로 가는 길은 어두워 보이고
나아가는 길은 물러나는 듯 보이며
곧은 길은 멀어 보이고
진정 강한 자는 약해 보이며
진정 순결한 것은 추하게 보이고
정말 확고한 것은 변덕스러워 보이며
정말 분명한 것은 희미해 보이고
위대한 것은 시시해 보이며
위대한 사랑은 무관심한 듯하고
위대한 지혜는 유치해 보인다.

결혼을 하고 아기를 낳았는데도 처녀 같은 이들을 '미시 족'이라 부릅니다. 마찬가지로 활동적인 삶을 사는 노인들을 일컬어 '오팔 족(OPAL:old people with life)'이라 부른답니다. 그렇다고 아무나 '오팔 족'이 되는가 하면 그렇지 않답니다. 한때 강남의 부잣집 아이들을 '오렌지 족'이라고 불렀듯이, 뭔가 특징이 될 만한 삶을 살아야 하는데, 젊은 시절에 쌓은 실력이나 인생의 경험을 취미와 봉사 활동으로 사회에 환원하며 사는 정력적인 노인들을 그렇게 부른답니다.

교대 운동장에 지방의 여러 교회에 다니는 교회 학교 아이들이 한곳에 모여 잔치를 했습니다. 대략 400여명 정도 왔다고 하는데, 글짓기도 하고, 그림도 그리고, 성경 퀴즈도 하고, 줄다리기도 했습니다. 예전 같지 않아서 아이들은 교회 학교 교사의 말도 잘 듣지 않고, 제멋대로 돌아다니고 아무렇게나 제 하고 싶은 대로 합니다. 풍요의 뒤편으로 쓰레기도 넘칩니다.

그런데 그 넓은 운동장에 수많은 아이들이 흘리고 다니는 종이며 과자 껍질을 줍는 노인이 한 분 계셨습니다. 누군가? 혹시, 쓰레기를 주워 생활하시는 노인인가? 아니면 소일 삼아 운동장에 나왔다가 뛰노는 아이들이 귀여운 마음에 그러시는가? 처음에는 그러려니 했습니다. 그리고 차츰 궁금해졌고, 급기야는 노인에게로 다가갔습니다.

누구였는지 아세요?

교회 주보에서 아이들이 모인다고 하기에, 뭔가 할 일이 있겠다 싶어 나왔다가 쓰레기를 줍고 있다고, 말씀하시며 웃는 그이는 이름만 대면 다 아는 어느 교회 장로님이셨습니다. 이런 노인이 '오팔 족'입니다.

'오렌지 족'보단 '오팔 족'이 많았으면 좋겠습니다. 점점 노인 세상이 되어 가니까요.

청춘은 인생의 어떤 기간이 아니라

강인한 의지

풍부한 상상력, 불타는 열정

유약함을 물리치는 용기

안일을 뿌리치는 모험심을 뜻한다.

때로 이십의 청년보다 육십이 된 사람에게 청춘이 있다.

이상을 잃어버릴 때 비로소 늙는다.

-사무엘 울만

갈릴레오나 레오나르도 다빈치, 미켈란젤로 같은 르네상스 시대의 거장들과 인류사를 빛낸 수많은 예술 작품들은 사실 이탈리아 메디치 가(家)의 후원이 없었다면 가능하지 않았을 일입니다. 그런데 이렇게 훌륭한 메디치 가문에 고질적인 유전병이 하나 있었습니다. 바로 근시였어요.

메디치 가 사람들은 대대로 눈이 나빴습니다. 그러자 메디치 가의 후원을 받고 있던 과학자들은 시력에 도움을 주기 위해 여러 가지 보정구(補正具)를 만들었고, 그것을 거듭 거듭 개량시켰습니다. 그래서 생겨난 게 오늘날의 안경입니다. 그게 1280년경의 일이에요.

여하튼, 그렇게 인류사에 지대한 공헌을 한 명문가인 '메디치' 가문은 1743년에 끝납니다. 후손이 없었기 때문입니다. 안나 마리아 루이사가 마지막 주인이었는데, 그녀는 메디치 가의 막대한 유산을 피렌체 시민의 것으로 남기라는 유언을 하고 숨을 거두었습니다. 피렌체라는 작은 도시의 화려함과 장구한 문화 유산은 이렇게 유언으로까지 이어진 메디치라는 가문의 건강한 사회 정신, 생명 정신에 힘입어 생겨난 것입니다.

아브라함의 가문이 고대 근동의 역사를 썼다면, 그들을 통해 인류가 복을 받고 생명의 부요를 누렸다면, 메디치 가문은 근대사의 문화적인 지평과 과학 정신의 토대를 만들었습니다. 한 사람 또는 한 가문이 이렇게 세상과 사람을 널리 이롭게 할 수 있는 것입니다.

우리는 누구의 유산을 물려받았으며, 어떤 유산을 남길 것입니까?
다음을 귀 기울여 봅시다.

만물은 앞에서 이끌 때와 뒤에서 따라갈 때가 있고
움직일 때와 쉴 때가 있으며
활발할 때와 지치는 때가 있고
안전한 때와 위험한 때가 있다.

참 사람은
사물을 있는 그대로 보고
지배하려 하지 않으며
제각기 가는 대로 놓아 두고
그 모든 것의 가운데 머무른다.

배(船)는 반드시 도달해야 할 목적지가 있습니다. 배에는 정확한 나침반이 있어야 하고, 선원이 있어야 하고, 선장이 있어야 합니다. 배에는 성능 좋은 기관(機關)도 있어야 합니다. 배에는 닻이 있어야 하고, 방향을 정하는 키와 노와 돛이 있어야 합니다. 이것을 갖춰야 배는 배 구실을 할 수 있습니다.

그런데 이상한 배 한 척이 있습니다.

선장도, 선원도 없습니다. 닻도 없고, 키도 없으며, 젖는 노도 없습니다. 그리고 어디로 가는지도 모릅니다. 과연 이것을 배라고 할 수 있을까요?

노아가 만든 배가 그랬습니다.

인생은 노아가 만든 배와 같습니다.

본래 노도, 닻도, 돛도, 나침반도 없이 시작된 인생 항해입니다. 오로지 그분이 노도 되고, 닻도 되고, 돛도 되고, 나침반도 되어서 우리를 어디론가 데려갈 뿐입니다.

가끔 어리석은 인생들이 경험, 지식, 관습 같은 것들로 노도 만들고 돛도 만들어 자신이 의도하는 대로 항해를 시도해 보지만, 이때껏 새로운 땅에 안녕히 도착했다는 이야길 듣지 못했습니다.

당신이 삶의 평안을 누리지 못하고 짜증스럽게 살고 있다면, 그것은 오로지 당신 책임입니다. 지식과 경험과 편견의 노와 돛을 만들어 달고 항해하고 있기 때문입니다.
아닙니까?

학문을 추구하면 날로 보태는 것이 있지만
도를 실천하면 날로 없어지는 것이 있다.
무엇일까?
애쓸 일이 점점 줄어
무엇을 억지로 하려고 함이 없는 지경에 이른다.
무엇을 억지로 하려 하지 않으면
되지 않는 일이 없다.
영원을 얻고
영원에 살려면
무엇을 억지로 하려고 함이 사라지고
일을 꾸미지 말아야 한다.

존 프럼 마을의 사람들

　제2차 세계 대전 당시 존 프럼이라는 미국 군인이 아프리카의 오지 마을에 들어가게 되었습니다. 그는 원주민들에게 여러 가지 선물을 주었는데, 원주민들에겐 생전 처음 보는 신기하고 낯선 물건들이었습니다. 원주민들은 존 프럼이 하늘에서 내려온 '신'이라고 믿었습니다. 그들은 존 프럼이 그곳에 있는 동안 신처럼 떠받들었습니다.

　존 프럼은 그들에게 군인들이 하는 제식 훈련을 시키기도 하고, 기도하는 법을 가르치기도 했습니다. 전쟁이 끝나고 존 프럼이 본국으로 돌아가면서 미국의 성조기와 그가 사용하던 총을 기념으로 주면서 그들에게 말했습니다.

　"나는 곧 돌아옵니다."

　그렇게 존 프럼은 아프리카의 오지 마을을 떠났고, 세월은 50여 년이 흘렀습니다. 그런데 얼마 전에 어떤 방송국에서 그 아프리카의 오지 마을을 찾아갔더니, 그들은 존 프럼이 남기고 간 성조기를 걸어 놓고 '존 프럼'을 예배하면서 그가 돌아오길 기다리고 있었다는 것입니다.

"존 프럼은 꼭 다시 온다."

나는 그 프로그램을 보면서 내가 존 프럼이 되어 그들에게 'come back' 하고 싶은 마음이 바람처럼 일어나는 것을 느꼈습니다.

예수께서 우리들에게 말씀하셨습니다.

"I will be back!"

우리는 다시 오실 예수를 기다리는, 예수 마을 사람들입니다. 그러나 존 프럼 마을 사람들에 비하면 너무 영악하지 않습니까? 그래서 그는 여태 다시 오시지 않고 계신지 모를 일입니다.

당신은 타오르는 불입니다.

저는 그저 당신의 빛을 반사하는 그릇이고요.

당신 없이 제가 있을 수 없습니다.

그러나

당신은 또 나 없이 빛나지 않으신다는 것을 잘 압니다.

그러니

다른 한 마음이 나타나

당신과 내가 나뉘어지지 않게 하시고

한 마음이 사라져

오직 하나의 마음만 있어

당신과 내가 결코 둘이 되지 않게 하소서.

양치기 소년이 있었습니다.

양몰이에 싫증을 느낀 어느 날, 소년은 장난을 치기로 마음먹었습니다. 동네로 뛰어가서 이렇게 소리를 쳤습니다.

"늑대가 나타났어요!"

마을 사람들이 양떼가 있는 곳으로 달려가 보았지만 늑대는 없었습니다. 소년의 장난에 속은 줄 안 어른들은 싱겁게 마을로 다시 돌아왔습니다. 소년은 그 이후로 두 번인가 세 번을 더 그렇게 거짓말을 해서 어른들을 속였습니다.

이야기가 여기서 끝이 났으면 얼마나 다행이겠습니까? 그저 철없는 소년의 거짓말에 책임을 물으면 그만입니다. 그런데 이야기의 주제를 소년이 아닌 어른들에게로 옮기기 위해서 다음 이야기가 계속 이어지고 있는 것입니다.

진짜 늑대가 양떼를 습격한 것이죠.

소년은 완전한 감정으로 달려가 어른들에게 소리쳤습니다.

"이번엔 정말이에요, 양떼가 다 잡혀 먹을 것 같아요."

그러나 어른들은 냉담했습니다. 소년의 진실을 어른들은 읽지 못하고 소년을 욕하면서 양떼를 지키기 위해 달려가지 않았습니다. 소년은 울며 발을 동동 굴렀지만 모두 허사였습니다.

결국 양들은 늑대의 습격을 받아 대부분 물려 죽기나 잡아 먹혔습니다.

큰 손실이 일어난 것입니다.

누구의 책임일까요?

어른들은 거짓말쟁이 양치기 소년의 책임이라고 말합니다.

그러나 그것은 옳지 않습니다.

이것은 우화입니다. 거짓말쟁이 소년을 말하는 게 아닙니다. 분별력 없는 어른, 어른으로서 갖춰야 하는 지각의 결여를 말하는 것입니다. 어른들은 소년의 말이 참인지 거짓인지 알았어야 합니다. 거짓말쟁이 소년에게도 미치지 못하는 어리석은 어른들을 말하는 것입니다.

이제 우리는 매사에 '누구 때문'이라는 어른스럽지 못한 비겁(卑怯)을 떨궈 내야 합니다.

그리고 '나'를 찾아야 합니다.

참 사람은
어떤 순간에도 자신을 잘 끊으며
장차 죽을 일을 알기에
지니거나 남기려는 것이 없다.
이렇게 하여 마음에 망상을 만들지 않으니
몸은 유연하고
마음이 가볍다.

'죽여야지'의 세상에 살며

독일의 어느 마을에 한 소년이 살고 있었습니다.

불우한 가정에서 태어난 이 소년은 14세가 되었을 때 이미 170번이나 범죄를 저지른, 강도와 절도를 한 문제아가 되어 있었습니다. 이 소년이 경찰에 잡혀 다시 재판을 받게 되었을 때 어떤 판결이 내려졌을까요?

법률 상식을 재미나게 풀어 가는 어느 TV 프로그램에 나온 이야기입니다. 이른바 '배심원'으로 나온 여러 명의 출연자들은 하나같이 "무인도와 같은 오지로 보내 정신을 차리게 해야 한다"고 했습니다. 예배당의 교우들에게도 질문해 보았더니 조금 심하게 "죽여야지" 하는 게 아니겠습니까? 그래서 독일 판사의 판결을 말했더니 모두 입을 떡 벌리더라고요.

"이 아이는 어릴 때부터 아름답고 예쁜 것들을 보지 못하고 자랐습니다. 그러니 지방 의회는 4천여만원을 지출해서 이 소년으로 하여금 세계 여러 나라를 구경하도록 하게 하십시오."

제가 다시 교우들에게 물었습니다.

얼마나 시간이 흐르면 우리도 이들과 같은 성숙한, 사람을 생명으로 취급하고 자비로 접근하는 세상이 될 수 있겠는가고 말입니다. 그랬더니 한 100년은 더 걸릴 거라는, 희박한 소망을 말하는 것이었습니다. 물론 부끄러운 낯을 감추며 말입니다.

우리는 지금 간음한 여인을 돌로 칠 줄만 아는 바리새 인과 율법사의 사회에 살고 있습니다. 세상과 사람을 자신처럼 사랑하는 그런 사람이 그리운 때입니다.

세상을 제 몸같이 귀하게 여기는 사람에게
세상을 맡길 수 있고
세상을 자신처럼 사랑하는 사람이
세상을 떠받들 수 있다.

숨쉬기, 그 보잘것없는 것의 위대함

『비베카 난다』라는 책에는 다음과 같은 이야기가 나옵니다.

어떤 지혜로운 사람이 높은 탑으로 된 감옥에 갇혔습니다. 탑 밑으로 남편을 면회 온 아내에게 지혜자는 말했습니다.

"여보, 다음에 올 때는 풍뎅이 한 마리와 꿀 한 단지 그리고 비단실과 노끈과 밧줄을 가져다 주시오."

착한 아내는 남편의 부탁에 토 달지 않고 그대로 실행했습니다.

탑 아래 이른 아내가 남편에게 말합니다.

"여보, 당신이 부탁하신 대로 풍뎅이와 꿀과 비단실과 노끈과 밧줄을 가져 왔습니다."

"고맙소. 그러면 풍뎅이의 더듬이 끝에 꿀을 묻히고 다리에 비단실을 매어서 이 벽으로 기어 올라오게 해주오."

더듬이에 꿀을 묻힌 풍뎅이는 달콤한 꿀 냄새를 맡고 위로 위로 오르기만 했습니다. 풍뎅이가 성벽의 꼭데기에 다다르자 지혜자는 풍뎅이 다리에서 비단실을 풀었습니다. 그리고 비단실에 노끈을 매달아 올리고 다시 밧줄을 올려서 무사히 높은 탑으로 된 감옥해서 탈출하게 되었습니다. 하찮은 것을 이용해 자유를 얻는다는 것이 이야기의 목적 같죠? 그렇습니다.

보잘것없어 보이는 것의 가치 있음에 대해서 말하려고 하는 것이죠. 하찮은 것에 마음을 높여 법으로 삼고 살아가는 사람은 만물과 조화를 이루며 살게 됩니다.

'숨쉬기' 하나만 잘해도 몸의 건강과 자유에 들 수 있습니다. 오죽하면 '목숨' 이라는 말도 있겠습니까?

우리의 이름과 형상(形象)이
덧없음을 알고
인간의 법이 끝나는 곳과
멈추는 때를 알면
위태롭지 않으리라.

진리는 티끌보다 작아서
볼 수 없지만
그 속에 무수한 은하계 우주가 있으니
마음으로 하찮음을 높여
법으로 간직하고 살면
세상은 천국이 되고
만사는 조화를 이룬다.

단순의 끝이 종교입니다

한동안 『느림』이 사람들의 입에 오르내리더니, 독일의 저널리스트이자 목사인 베르너 티키 퀴스텐마허가 쓴 『단순하게 살아라 Simplify Your Life』라는 책이 나오면서 '단순한 삶'이 세상의 화두로 바뀌었습니다. 독일 슈피겔 지는 이 책에 대해 "당신의 삶 자체를 즉시 변화시키는 구체적인 방법을 담은 최상의 매뉴얼"이라고 소개하고 있습니다.

내용의 요지는 복잡한 삶을 단순하게 살라는 겁니다.

그렇다고 무조건 줄이라는 말은 아닙니다. '줄일 것은 줄이고, 늘릴 것은 늘리자'는 겁니다. 일을 줄이고, 서두르는 것도 줄이고, 빚도 줄이고 대신 가족과 함께 하는 시간, 친구와 함께 하는 시간을 늘리자는 겁니다. 하나님과 함께 하는 시간을 늘리자는 것입니다.

그가 말하는 단순하게 살아가는 방법을 크게 정리해 보면 이렇습니다.

첫째, 물건들을 단순화시켜라.

집안을 정리 정돈하고, 오래된 여행 팜플릿이나 일주일 이상 묵은 신문, 한 번도 해 먹지 않은 요리 책을 버리라는 겁니다.

둘째, 재정 상태를 단순화시켜라.

욕심 부려 살지 말고 있는 대로 살고, 적게 먹고 적게 쓸지언정 빚을 지진 말라고 합니다.

셋째, 시간을 단순화시켜라.

해야 할 일, 하지 말아야 할 일을 잘 분별해서 하고, 같은 일을 두 번 하지 말며, 반드시 오늘 해야 할 일은 미루지 말고 오늘 끝내라는 것입니다.

넷째, 몸을 단순화시켜라.

살도 뺄 만큼 빼고, 먹을 것만 먹고 간식하지 말라는 겁니다. 몸에 너무 매달리지 말라는 것입니다.

다섯째, 인간 관계를 단순화시켜라.

인간 관계에 있어서 질투와 시기로부터 벗어나고, 미움과 반목으로 복잡하게 얽힌 관계를 정리하라고 말합니다.

여섯째, 배우자와의 관계를 단순화시켜라.

이야기를 빙빙 돌려 하거나 비꼬아 하지 말고, 감정 그대로 표현하고 답하라는 것입니다.

일곱째, 자신을 단순화시켜라.

자신이 본래 누구인지를 알고, 삶의 목표를 분명히 하고, 자신

의 장점을 발전시켜 나가라고 합니다. 자기의 시작과 끝이 어디
서 비롯되는지를 분명히 알고, 어떻게 생을 끝내야 하는지, 거기
에 초점을 맞추고 살라고 합니다.

단순의 끝이 종교입니다.

연못에 비친 소나무 젖지 않고
조약돌 연못에 던지니 소나무가 춤춘다.
-숭산

상황을 빗겨 가는 언동을 지닌 삶

매주 수요일 저녁은 예배당에서 기도회가 있는 날입니다.

어느 때부터 자청하여 운전을 해서 교우들을 실어 오죠. 오가는 중에 나누는 이야기들이 너무 즐겁고 기쁘기 때문입니다.

그러니까 몇 달 전의 일입니다. 그때는 아직 하늘과 땅이 펄펄 끓던 한 여름이었어요. 대부분 나이 드신 교우들인지라 미리 자동차의 에어컨도 빵빵하게 틀어 놓아 차 안을 시원하게 해놓죠. 새로 지은 아파트 앞에서 환갑이 지난 여자 교우 한 분이 차에 타게 되었습니다.

"어서 오세요. 많이 더우시죠?"

차 문을 밀치고 다리만 올려놓는 교우에게 재빠르게 인사를 했습니다. 그랬더니 그 교우도 나의 재빠름에 뒤질세라 엉덩이를 의자에 대지도 않은 채 이러시더라고요.

"아이구, 하나님이 오늘은 기름 아끼지 않고 넉넉하게 불을 때신 모양이에요."

그 순간 자동차의 에어컨이 깜짝 놀라더라니까요?

하나님이 기름 아끼지 않고 불을 피워서 그렇다는데, 무슨 할 말이 더 있겠습니까?

금년 겨울 가장 추운 날, 그가 또 어떤 말로 엄동 설한을 좇아 보낼까 나는 기다리고 있습니다.

낮은 곳에 이르러 만족하며 산다는 것은 바로 이런 게 아닌가 합니다.

상황을 빗겨 가는 언동을 지닌 삶 말입니다.

최상의 덕이 뭔 줄 아세요?
물과 같은 거랍니다.
만물을 자라게 할 뿐, 그것들과 다투지 않으며
모든 이가 싫어하는 낮은 곳에서
만족하기 때문이라나요?

　　과수원을 하는 아무개 권사님이 자전거를 타고 가다가 좁은 농사용 도로에서 자동차에 받쳐 넘어졌습니다. 물론 이마가 까지고 가슴팍에 시퍼런 멍이 들어 파스를 붙이셨지요.

　　교우 댁을 돌아보다가 지나가는 길목에 댁에 들렀더니, 잘 익은 과일을 한 바구니 내오셨습니다. 과일 바구니를 내려놓다가 '아이쿠' 하는 신음을 쏟으시기에 무슨 일이냐고 물었더니 그저 씩 웃으십니다.

　　"어디 아프세요?"

　　거듭 물었더니 그제야 그의 아내가 말합니다.

　　"손자들 주전부리 할 것들을 사러 농협에 다녀오다가 집 앞에서 자동차에 받쳐 쓰러졌대요."

　　"그래서요?"

　　"근데, 이 양반이 자동차 운전 기사 보고 이렇게 말해서 보냈대요."

　　"어떻게 말씀하셨는데요?"

"시퍼렇게 떨면서 운전 기사가 나오는데, 보니까 손자뻘 되는 새파란 청년이드래요. 그래서 이 양반이 '내가 나이가 80이 넘었는데 자동차에 치이나 치이지 않으나 아프기는 매 마찬가지니 그냥 가라' 고 했대요. 그러고 집에 와선 이 난리라니까요."

자동차 사고만 나면 한몫 톡톡히 건지려는 세태에, 덕이란 무엇인가를 말해 줍니다.

나서 기르고
낳았으되 가지려 하지 않으며
행하되 바라지 않으며
이끌되 지배하려 하지 않으니
이것이 가장 큰 덕이다.

아침이었습니다.

사실 똑 떨어지게 아침이라고는 할 수 없는, 새벽과 아침을 경계 짓는 시간이어서인지 거리에는 차도 사람도 붐비지 않았습니다. 오전 9시에 수술할 교우를 일찍 만나면 좋겠다 싶어 병원에 갔다가 돌아오는 길이었습니다.

어느 한적한, 헐렁한 경계의 시간대에 딱 알맞은 어느 5거리에서 신호등을 기다리느라고 멈춰 있는데, 내가 운전하는 자동차의 오른편 앞쪽에서 밤새 술과 씨름하다가 거리로 나온 중년의 남자가 비틀거리며 오고 있었습니다. 막연한 호기심에 그를 보고 있는데, 얼마쯤 오더니 그 남자가 두리번거리는 게 아닙니까!

뭐 하려고 저러지? 오줌을 누려는가?

생각이 아직 정리도 되지 않았는데, 남자는 길가 울타리 밑에 서 있는 토마토 밭에 가 있었습니다. 밭이라고 하기엔 그저 그런 토마토 서너 그루에서 빨갛게 익은 세 알의 토마토를 그 남자가 뚝뚝 따더니 주머니에 얼른 넣었습니다. 허리를 편 그 남자가 씩

46

허공에 빈 웃음을 날리더니 갑자기 자기 뺨을 왼쪽 오른쪽 번갈아 가면서 두 차례씩 아프지 않게 때리는 게 아닙니까! 그리고서 남자는 씩씩하게 아직도 깨지 않은 경계의 시간 속으로 사라졌습니다.

　나는 아직도 그가 왜 자기 뺨을, 남의 밭에서 토마토를 도둑질하고 나서 그런 의식을 치렀는지 궁금하기만 합니다.

빛깔에 눈이 멀고
소리에 귀가 먹는다.
맛에 혀가 마비되고
생각에 마음이 약해지며
욕심에 인정(人情)이 죽는다.

참 사람은
세상을 살피되 자신의 직관에 흔들리지 않으며
오고감에 마음을 빼앗기지 않으며
하늘처럼 열어 놓고 산다.

떠돌이 남자가 있었습니다. 어느 숲에 이르러 한 나무 밑에 앉았을 때 마음이 매우 고요해짐을 느꼈습니다.

"아, 내 인생에 예쁜 색시만 있다면 이렇게 떠돌지 않을 텐데."

그런데 그가 앉아 있던 나무는 우연하게도 '칼파따루'라고 하는 천국의 나무였습니다. 그 나무 밑에서는 소원하는 것이 금방 이루어지기 때문에 천국의 나무라고 불렸습니다. 그래서 그가 이렇게 말하는 순간 예쁜 색시가 나타났습니다. 그는 여자에게 완전히 반해서 얼마 동안 행복했습니다. 그러다가 그는 또 생각했습니다.

"이렇게 땅바닥에 앉아 있으니 얼마나 불행한가? 침실이 두 개인 근사한 집이 있었으면."

그러자 즉시 그가 원하던 집이 나타났습니다. 기쁨에 들뜬 거렁뱅이 남자는 여자와 함께 집안으로 들어가 사랑을 속삭였습니다. 그러다가 이상하게 느끼기 시작했습니다.

"이게 도대체 무슨 영문인가? 원하는 대로 나타나다니? 이것은 악마가 하는 짓이 틀림없다!"

그가 이렇게 생각하는 순간, 그 앞에 악마가 나타났습니다. 그리고 입을 벌려 남자를 삼키려고 대들었습니다.

"오, 넌 나를 삼키려는 거지! 나를 죽이려는 거지!"

왜 이 남자의 인생이 곤두박질쳤습니까?

사탄, 뱀을 불러냈기 때문입니다.

"이 모든 것이 하나님의 선물임에 틀림없다!"라고 했다면, 이 남자의 운명은 어떻게 바뀌었을까요?

십자가의 도는
착한 자에게 보물이 되고
악한 자에게는 숨을 곳이 된다.

십자가의 도와 하나가 되면
찾고자 하는 것이 보이게 되고
허물이 있어도 용서를 받는다.

그러나 모두 그 도에 나아가지 못하는 것은
스스로 안다고 하기 때문이다.

나는 쉬는 동안 도끼 날을 갈았지요

두 사람이 도끼로 나무 찍는 일을 했습니다. 한 사람은 점심 먹을 때를 빼고는 쉬지 않고 나무를 찍었습니다. 그러나 다른 한 사람은 한두 시간 일하고 쉬고, 또 두어 시간 일하고 쉬기를 여러 차례 했습니다. 쉬지 않고 일하던 사람이 그 꼴을 보고 생각하기를, '저 사람, 저렇게 자주 쉬어서 언제 많은 나무를 찍나?' 하면서 일을 마쳤습니다.

그런데 막상 일을 마치고 보니 쉬지 않고 일한 사람보다 쉬엄쉬엄 나무를 찍은 사람의 나무더미가 더 큰 것이었습니다. 쉬엄쉬엄 일한 사람이 말했습니다.

"나는 쉬는 동안 도끼 날을 갈았지요."

『내면 세계의 질서와 영적 성장』이라는 책에서 고든 맥도널드는 말합니다.

"병든 삶을 사는 사람의 증상은 다음의 두 가지다. 하나는 목적 없는 분주함이며, 다른 하나는 자신의 영혼을 정비하고 관리

하는 시간을 가질 수 없는 빠듯한 계획이다.”

쉼은 사치가 아닙니다. 영직 갱신을 위한 지출은 낭비가 아닙니다.

무한 경쟁에 자기를 투기하지 말고, 절제하며, 자족하고, 쉼의 사치를 즐기고, 영적 갱신을 위해 낭비하며, 감사의 마음을 유지해야 합니다.

온갖 상념을 버리고
마음을 평온하게 하고
온갖 것이 생겨날 때
그것이 들고나는 모습도 눈여겨보라.

우주 안에 만물이 흩어져 있는 듯하나
종국엔 모두 제자리로 돌아가는데
그곳이 바로 평온한 자리이다.

아미시 타운Amish Town

미국의 펜실베니아 주에 가면 '아미시 타운Amish Town' 이 있는데, 거기 사는 사람들은 특별한 종교적 신념으로 산답니다. 물들이지 않은 옷감으로 옷을 해 입고, 전기를 사용하지 않고, 농사 기계를 거부하고, 세금 납부와 사회 보장 제도 대신에 공동체 내에서 서로를 보호하며, 자동차 대신 마차를 이용하고, 산아 제한을 인공적으로 하지 않으며, 남자는 좋은 농부가 되는 것이 최고의 성공이며, 여자는 좋은 주부가 되는 것을 큰 기쁨으로 알고 산다는 것입니다.

'인간성에 도움이 되지 않는 문명은 피하라' 는 창시자 야콥 암만의 지침을 따라 200여년 동안 그렇게 살고 있다는 것입니다.

기계 문명을 마음껏 누리며 살고 있는 우리들에겐 충분히 '이상한 삶' 입니다. 그래서 많은 사람들이 그들을 무시할 수 있습니다. 마치 동물원의 짐승들 보듯 말입니다.

하지만 이들이 단순한 구경거리일까요? 그들의 삶에 극단적인 면이 있기는 하지만 우리가 진지하게 생각해야 할 바람직한 삶의 한 대안이 될 수 있다고 여겨집니다.

왜 요즘 '웰빙Well Being' 족(적게 먹고, 적게 말하고, 좋은 생각
을 하며, 마음이 기뻐지는 책을 읽으며, 음악을 듣는 것을 삶으
로 아는)이 늘어 간다고 하지 않습니까? 부자가 되려고 하지 않
는 것입니다. 그저 삶을 누리려는 것입니다. 어리석고 해로운 욕
심을 버리고 살자는 것이지요.

'아미시 타운' 사람들의 삶 말입니다.

문명의 이기들을
모두 누리려는 사람들은
시험과 올무와 여러 가지 어리석고
해로운 욕심에 떨어지나니
곧 사람으로 파멸과 멸망에 빠지게 됩니다.

머리가 좋으면 인생이 보장되던 시절이 있었습니다. 감성이 좋아야 성공적인 생을 살게 된다던 때도 있었습니다. 얼마 전엔 창조성이 있어야 세상을 이긴다고 했습니다. 이른바 I.Q, S.Q, C.Q가 그것인데, 지금은 N.Q (Network Quotient) 시대랍니다. 말하자면 '공존 지수'가 높아야 살아남을 뿐만 아니라 성공한다는 것입니다.

지금까지의 그것들과는 구별되는 처세입니다. 개인 중심의 성공이 아닌, 서로의 성공을 도모한다는 점에서 그렇습니다. '공존 共存'이라는 말도 정겹고 다감합니다.

『N.Q로 살아라』라는 책의 내용에는 '지금 힘없는 사람이라고 우습게 보지 마라' '네 밥값은 내가 내고, 내 밥값도 내가 낸다' '조의금을 많이 내라' '수위 아저씨, 청소부에게 잘해라' '남에게 선물을 줄 때는 감동이 되도록 화끈하게 하라' 등등이 있습니다.

허리가 꼬부라져 바깥 출입이 어려운 여든 살 여자 교우가 목

사님을 드리겠다고 성경책 한 권을 샀습니다. 며느리를 시켜서
사 왔답니다. 오죽할까 싶은 마음이 들었습니다. 노인네가, 그 많
은 성경의 종류 가운데 내 마음에 드는 걸 사셨을까. 그것도 누
군가를 시켜서 샀다니. 아니나 다를까, 딸이 대신 가져 온 걸 보
니 그 부피가 벌써 만만치 않았습니다.
 '이크. 야단났군. 이걸 가지고 다니려면 힘께나 써야겠는걸?'
 걱정을 앞세우며 포장을 뜯었습니다.

 화끈하게 하라!
 이 여든 노인네가 '공존 지수'를 아셨을까요?
 커다란 포장 속에는 아주 아담한 크기의 고급 가죽으로 된 성
경이 들어 있었습니다. 그야말로 최신식 최고급 성경책이었습니
다. 값도 10만원을 육박하는 거금이었습니다.
 나는 오늘 20년이나 사용해서 너덜너덜한 성경책을 고이 모셨
습니다.

어떤 어조는
희망이고 기쁨이고
어떤 어조는 절망이다.
말의 내용보다 중요한 어조語調Tone여.
－정현종

나도 쿨한 목사가 되고 싶다

세련되고, 독특하고, 단순 소박해서 호감이 가는 상태를 요즘 말로 '쿨Cool하다' 고 합니다. 웹스터 사전에는 '어떤 경우에도 냉정함과 자기 조절 능력을 잃지 않는 것', '감정의 기복을 절제하는 것' 이라고 풀이되어 있습니다.

'세련' 이라는 말은 조화를 말하는 것입니다. '독특' 함이란 튀는 것을 말하는 게 아니라, 제한성과 유한성을 넘어서는 것입니다. '소박하고 단순하다' 는 것은 명쾌하다는 것입니다. 이것이 '쿨Cool' 입니다. 이제는 모두 쿨Cool해야 합니다.

나도 그런 목사가 되고 싶습니다.

칠순이 되신 어느 교우의 친구가 며느리를 맞아들이면서 '쿨Cool한 시어머니가 한번 되어 보리라' 고 마음먹었답니다. 그런데 이 며느리가 어떻게 저만 아는지, 가족은 눈곱만큼도 마음에 두지 않고 사는 통에 시어머니 홀로 쿨Cool하고 싶어도 할 수 없는 지경에 이르렀답니다. 조화를 이룰 수 없었으니까요. 다른 시어

머니하고는 다르게 처신하고 싶어도 그 한계를 넘어서기가 어렵
드래요. 그러니 상황이 명쾌해질 수가 없는 거죠. 그러니 그 시
어머니가 이렇게 말했겠죠.

"아무리 쿨한 시어미가 되고 싶어도 며느리가 따라 쥐야지!"

나도 쿨Cool한 목사가 되고 싶습니다.

"나는 양을 위해 목숨을 바친다. 그러나 양도 나를 알고 내 음
성을 따른다."

목숨을 바칠 그런 쿨Cool한 양(羊)만 있다면 말입니다.

'구부러진 것이 온전할 수 없다'는

옛 어른들의 말씀이

어찌 빈말이겠습니까?

스스로 드러내지 않음으로

또렷하고

스스로 옳다 하지 않음으로

옳은 것을 드러내며

스스로 자랑하지 않으나

오래도록 명예로운

그런 사람들이 Cool한 사람 아니겠어요?

　태조 이성계가 왕위에 오르기 전의 이야기입니다. 무학 대사와 함께 길을 가다가 산마루에 앉아 잠시 쉬던 차에 깜빡 잠이 들었는데, 꿈속에서 양 한 마리를 만났습니다. 이성계는 그 양을 잡기 위해 양의 뿔을 움켜잡았습니다. 그랬더니 뿔이 뚝 잘라지면서 양이 도망을 치는 게 아닙니까. 그래서 이번에는 양의 꼬리를 잡았더니 꼬리마저 쑥 빠지면서 역시 양은 달아나고 말았습니다.

　꿈에서 깬 이성계는 그 꿈으로 인해 하루 종일 기분이 좋지 않았습니다. 왠지 불길한 생각이 드는 것이었습니다. '그걸 잡았어야 하는데 놓쳤으니 나쁜 꿈이야' 란 생각에 시무룩해 있는데, 무학 대사가 그 모습을 보고 물었습니다. 이성계가 꿈 이야길 했더니 대사가 무릎을 탁 치면서 "어, 그거 참 길몽이군!" 했습니다.

　"장군, 양(羊)에서 머리가 떨어져 나가고 꼬리가 떨어져 나가면 그건 임금 왕(王)이 아니오? 이제 왕의 제목이 되었다는 뜻이니, 더욱 자신을 부단히 닦고 노력해야 합니다."

사건 그 자체가 중요한 게 아닙니다. 어떻게 보고 어떻게 해석하느냐가 중요합니다. 어떠한 깨달음과 앎을 가지고 사느냐에 따라 인생이 달라진다는 것입니다.

구약 성서에 나오는 최초의 살인자 가인을 보세요. 얼마든지 달리 해석할 수 있었던 사건을 구부려 이해하여 살인자가 됩니다. 그러나 꿈쟁이 요셉은 그렇지 않습니다. 그는 꿈꾸고 자신의 꿈에 늘 긍정적입니다. 이 두 사람의 인생이 극명하게 구별되는 것은 '마음의 빛'이 있는지 없는지의 차이입니다. '마음의 빛'이 보고 느끼는 일체를 생명으로 키워 가거든요.

가장 시급한 인생의 과제가 있다면
그것은
각자 마음의 눈이 밝아져서
사물과 사건을
생명으로 해석하는 것입니다.
안 그러면
모든 인생은 껍데기를 좇아 살게 됩니다.
행복과 불행은
자신의 마음 눈이 밝느냐 어둡냐에 달려 있습니다.

앞을 못 보는 두 사람이 만나 부부가 되었습니다. 서로를 아끼고 사랑하며 잘살았습니다. 그렇게 10년쯤을 살았는데, 어느 날 병원을 찾아 눈뜨는 수술을 받게 되었습니다. 수술이 성공해서 부부는 회복실에서 서로의 모습을 처음으로 보게 되었습니다. 얼마나 떨리고 기쁜 순간이었겠습니까? 그때 남편이 아내에게 건넨 첫마디 인사는 이랬습니다.

"말씀을 듣기는 많이 들었는데 뵙기는 처음입니다."

이 이야기를 들을 때 웃음이 새어 나오십니까?
그럼 다음 이야기를 계속 들어 보십시오.

어떤 사람이 중풍이 들어 몸 한쪽을 못 쓰게 되었습니다. 처음에는 누워 지내다가 차츰 가족들의 부축을 받아 일어나 앉았습니다. 얼마 후에는 지팡이를 짚고 똑바로 섰습니다. 하루 이틀 그는 비틀거리며 걷는 연습을 시작했습니다. 그렇게 1년 동안 지팡이에 의지해서 한 발 한 발 걷는 연습을 했고, 결국에는 지팡이 없이 걷게 되었습니다.

그는 나면서부터 걸었었는데 다시 걷는 것입니다. 나면시부터 걸었던 그 걸음은 자기가 걷는 줄도 모르고 걸은 걸음이었습니다. 그런 걸음을 '자연'이라고 합니다. 그러나 지금 중풍에서 풀려나 걷게 되는 그 걸음, 지금 환자의 그 첫걸음은 '자연'이 아니라 '자유'입니다. 의식적으로 걷는 걸음입니다.

'자연'은 '자유'보다 덜 기쁩니다. '나'가 없기 때문입니다. 그래서 '진리가 너희를 자유케 한다'고 말하는 것입니다.

듣는 것과 보는 것은 다르다.
보는 것과 아는 것 또한 다르다.
이해하는 것과 사랑하는 것 또한 다르다.
사랑하면 알게 되고
알면 보이나니
그때 보이는 그것은
전과 같지 않다.

내 공존 지수는 얼마일까?

◆ 최근 한 달 사이에 그 자리에 없는 사람에 대해 진심으로 칭찬한 적이 있다.

◆ 지금의 내가 있도록 은혜를 베푼 사람의 이름을 세 사람 이상 적을 수 있다.

◆ 한 달 사이에 다른 사람의 얼굴을 떠올리며 흐뭇한 미소를 지어 본 적이 있다.

◆ 비나 눈이 내리는 날, 좁은 길에서 다른 사람이 먼저 지나가도록 길을 비켜 주거나 우산을 살짝 들어 올려 준 적이 있다.

◆ 다른 사람이 내게 도움을 요청하면 언제든지 도와줄 마음의 준비가 되어 있다.

◆ 고마운 이들에게 적어도 1년에 한 번은 찾아뵙거나 연락을 드리고 있다.

◆ 최근 1년 동안 방송에 나오는 A.R.S 전화로 불쌍한 사람을 도왔다.

◆ 최근 1년 동안 다른 사람을 위해 봉사한 적이 있다.

◆ 내 수입의 1퍼센트 이상은 기부한다.

◆ 최근 6개월 이내에 다른 사람을 위해 기도한 적이 있다.

◆ 직어도 한 딜에 한 번은 만나는 질친한 친구가 있다.

◆ 나에게 한 달에 한 번은 안부를 묻는 친구가 있다.

◆ 진심으로 잘되기를 바라는 친구가 있다.

◆ 내가 진심으로 잘되기를 바라는 친구가 있다.

◆ 남에게 말하기 어려운 이야기를 털어놓을 사람이 있다.

◆ 내가 곤란한 처지에 있을 때 달려와 24시간 이상을 함께 해줄 친구가 있다.

◆ 최근 한 달 사이에 누군가에게 선물을 한 적이 있다.

◆ 친구와 식사를 했을 때 먼저 계산대로 나가는 편이다.

◆ 최근 6개월 사이에 다른 사람을 위해서 누군가를 소개해 준 적이 있다.

　－한겨레신문 2003, 11, 17일자

　'그렇다'가 많을수록 공존 지수가 높은 것입니다. '그렇다'가 많지 않다면 인간 관계를 수정해야 합니다.

道를 향해 자신을 열라
그러면 그대는 '하나'이다.
德을 향해 자신을 열라
그러면 그대는 '德'이다.
잃는(失) 것을 겁내지 말라
그러면 그대는 존재한다.

4536-1235-4465-0302

지난 여름에 가입한 '골드 회원' 번호입니다. 문제도 많고 종류도 많다는 신용 카드 말입니다. 저도 신용 카드를 갖게 되었거든요. 금 빛깔이 입혀진 이른바 '골드 카드'라는 건데, 겉보기엔 아주 그럴 듯합니다. 카드를 처음 은행 여직원으로부터 건네받았을 땐 제법 가슴이 뿌듯했으니까요.

'나도 이제부터 골드 인생에 들게 되었나 보다.'

뭐 그런 사회적 소속감 또는 신분 상승(?)의 허풍 같은 거였겠죠. 그런데 그 속내를 알고 나면 대부분의 사람들이 웃습니다.

변변한 통장 하나 없이 살다가 지방의 목사들이 단체로 성지 순례를 가게 되었는데, 그 재정 업무를 내가 맡게 되면서부터 은행 출입이 잦아지게 되었습니다. 순서표 뽑아 놓고 돈 찾는 종이를 꺼내서 통장 번호 적고 도장 찍어 들고 의자에 앉으면 30여분은 족히 기다리게 됩니다. '띵동' 소리와 함께 디지털 전광판에 내 번호가 나온 다음에 창구의 여직원에게 통장과 출금 쪽지를 건네게 되죠. 그러기를 여러 날, 하루는 여직원이 저더러 그러더군요.

"기다리는 거 지루하지 않으세요?"

"별 뾰족한 방법이 없는데 어쩌겠어요. 기다리는 걸 재미로 여겨야죠."

"카드 만들어 드릴까요?"

"무슨 카드요?"

"신용 카드에 현금 인출이 되도록 해드릴 수 있는데요."

"아 그래요? 그럼 만들어 주시죠."

이렇게 된 겁니다.

엄청 고맙더군요. 나를 알아주는 것 같아 으쓱해지기도 하고요. 여직원은 1억원이 드나드는 공금 통장을 보고 그리 했던 것 같아요.

다음달에 집으로 '신용 카드 이용에 대한 안내'가 왔더군요.

거기 이렇게 적혀 있었습니다.

현금 서비스 0원

이용 한도 금액 300,000원

'골드 인간'은 이런 게 아닌 듯합니다.

오늘 우리 몸에 쏟아 붓는 비용은 얼마나 크며
우리 영혼에는 얼마나 적게 투자되고 있는가!
몸은 얼마나 많은 옷을 가지고 있으며
영혼은 갖춘 것 없이 얼마나 헐벗고 있는가?
몸을 치장하기 위해 얼마나 많은 시간이 소요되며
영혼을 살찌우기 위한 공간은 얼마나 협소한가?

－라파엘 홀린셰드

소유는 한계가 된다

　우리 지방에 Y 목사가 있습니다. 예배당과 어린이집을 동시에 건축하느라고 빚을 많이 졌습니다. 그가 들고 다니는 가방에는 통장이 그득합니다. 어느 날 그가 내게 가방을 열어 보이며 통장이 몇 개나 될는지 맞춰 보라고 했습니다. "글쎄, 한 열 개 되나?" 했더니 마흔개가 넘는다고 하면서 힘없는 웃음을 허공에 날렸습니다. 여기서 꾸고 저기서 빌려서 돌려 막기를 하는 통에 그렇게 통장이 많다는 것입니다.

　지난 연말인가, 나더러 어디서 급하게 1억원만 구해 주지 않겠냐고 전화를 했습니다. 내 주변머리에 가당치도 않다는 것을 뻔히 알면서 워낙 다급하니까 그러는 것이었습니다. 물론 희망 없이 전화를 끊고 며칠이 지났습니다. 그가 다시 전화를 했습니다.

　"1억원 이자 없이 빌렸어요."

　궁(窮)하면 통한다고, 하도 답답해진 그가 하루는 고등학교 졸업 앨범을 뒤적이고 있었답니다. 그러다가 어느 친구의 사진을 보게 되었는데, 앨범 속의 그 친구와는 평소에 친하지도, 졸업 이후 한 번도 전화하거나 연락을 한 적도 없는 그런 친구였답니다. 언젠가 그 친구가 부자 사업가가 되었다는 이야기를 들은 생각이 떠올랐던 것입니다. 그는 마음먹었습니다. 이 친구에게 어린이집 운영 계획이랑 건물을 사진 찍어 가지고 가서 이런저런 방법으로 돈을 갚겠으니 1억원을 빌려 달라고 해야겠다고.

부자 친구를 감동시킬, 설득할 여러 자료를 준비한 그가 어렵사리 친구를 만났습니다. 차마 말이 안 나와 들고 간 사진이며 사업계획서(?)를 만지작대는데 친구가 먼저 이러더랍니다.

"뭔데?"

"응… 돈을 좀 빌리려고."

"얼마?"

"한 장."

"통장 번호 불러."

그러더니 그는 친구 목사의 주소도, 전화 번호도, 어떻게 갚을 거냐고도 묻지 않고 자기 휴대폰을 꺼내더니 아이들 장난치듯 번호 몇 개를 누르고 나서 간단히 말했습니다.

"들어갔어. 찾아 써라."

그 날 나는 그 이야기를 들으며 왜 그렇게 울었던지 지금도 모르겠습니다.

우리의 소유는
우리의 한계가 된다.
부의 축적을 위해 구부린 사람은
부풀어 오르는 자아로 인해
정원으로 나아가는
깨달음의 문을 통과할 수 없다.

−타골

큰 사람은 창공을 날지만

저는 고전 음악가 중에 바흐를 좋아합니다. 그의 음악들을 잘 알아서가 아니라, 단지 그가 종교 음악에 심취했었다는 단순한 이유에서입니다. 그런데 가끔 숫자가 많은 교회의 성가대에서, 교회의 내외적 크기를 자랑하는 듯한 의미로, 크리스마스 즈음에 공연하는 헨델의 '메시야'를 들을 때는 바흐의 '마태 수난곡' 같은 감동을 받기도 합니다. 한때, 저는 헨델의 '메시야'가 웅장함을 정치적 상징성으로 삼았던 바로크 시대의 '어용곡御用曲'인 줄 알았었습니다.

극장 음악 전문인 오페라를 작곡하던 헨델은 52세 되던 해에 뇌일혈로 쓰러졌습니다. 운영하던 극장은 도산했고, 반신 불수가 된 헨델은 걸을 수도, 말을 할 수도, 글을 쓸 수도 없었습니다. 의사는 회복할 가망이 없다고 단정했습니다. 그러나 헨델은 아헨이라는 요양지에서 '내게 기회를 달라'고 하나님께 애원하였습니다. 그래서였을까, 초인적인 의지력으로 헨델은 되살아나 병을 이겨 냈습니다. 기적이었습니다. 신이 응답했다고 사람들은 말했

습니다. 런던으로 돌아온 헨델은 극장용 음악, 오페라 작곡을 포기하고 성경을 소재로 하는 '오라토리오' 작곡에 전념했습니다.

'오라토리오'는 성경을 소재로 하여 녛 명의 독창자와 합창단 및 오케스트라가 연주하는 서술적(敍述的) 음악을 말합니다. 극적인 구성을 가지긴 해도 오페라와는 달리 연기와 무대 장치가 필요 없는 음악입니다. 교회의 '칸타타'나 '수난곡'과 흡사합니다. 헨델은 32회나 '메시야'를 직접 지휘했는데, 모두 자선 공연이었으며 수익금은 자선 사업에 썼습니다. 그래서 사람들은 헨델의 메시야가 '굶주린 자를 먹여 주고 벌거벗은 자에게 옷을 주며 고아를 키우는 음악'이라고 불렀다고 합니다.

헨델은 74세의 나이로 세상을 떠났습니다. 그의 마지막 곡도 '메시야'였는데, '아멘 코러스'가 끝나자 쓰려졌다고 합니다. 그게 그의 인생 끝이었습니다.

큰 사람은 창공을 날지만 삶은 지극히 단순합니다.

비행기는 공중에서
마음대로 날지만
아무 데나 착륙하지 못한다.
큰 사람은
창공처럼 넓은 마음을 갖고 있지만
삶은 너무 단순하다.

나를 비추는 항아리

옛날, 임금님이 시골을 지나다가 하룻밤을 묵게 되었습니다. 마침 그곳은 목동의 집이었습니다. 목동은 욕심이 없고 평화로우며 성실한 사람이었습니다. 임금님은 목동에게 마음이 끌렸습니다. 임금님은 왕궁으로 목동을 불러들여 높은 벼슬을 주었습니다. 목동은 양을 칠 때처럼 욕심 없고 성실한 신하가 되었습니다. 그러나 다른 신하들은 그를 시기했습니다. 목동 따위가 높은 벼슬을 하는 것도 그렇고, 적당히 뇌물도 받으면 좋겠는데 모든 일을 반듯하게 처리하니 그렇지 못한 자신들이 겁이 났던 것입니다.

목동을 모함할 게 뭐 없을까 하던 차에 목동이 가끔 시골집을 간다는 정보가 들어왔습니다. 그래서 몰래 목동을 따라갔습니다. 집으로 간 목동은 곧 광으로 들어갔습니다. 그러더니 문을 닫고 큰 항아리의 뚜껑을 열더니 한참 동안 항아리 안을 들여다보는 것이었습니다.

신하들은 이 사실을 임금님께 알렸습니다. 목동이 깨끗한 척하면서 왕궁의 금은을 빼돌려 항아리 속에 감추었다는 말까지 보태서 말입니다. 화가 난 임금님이 신하들을 앞세우고 목동의 집으로 들이닥쳤습니다. 그리고 모두가 보는 앞에서 목동에게 항아리를 열라고 명령했습니다.

그런데 이게 어찌된 일입니까? 항아리 속에 들어 있던 것은 금은 보화가 아니라, 목동이 양을 치던 시절 입었던 낡은 옷과 지팡이가 전부였습니다. 임금님이 어찌된 사연인지 물었습니다. 그러자 목동이 대답했습니다.

"저는 본래 목동이었습니다. 임금님의 은혜로 높은 벼슬을 했지만, 제가 목동이었던 것을 잊지 않기 위해서 이따금씩 제가 입었던 옷을 보는 것입니다."

김장 김치 담을 항아리를 헹구다가 문득, 항아리 속에 고인 물에 비친 내 얼굴을 보면서 스스로에게 묻습니다.

"나는 항아리 속에 있는가! 항아리 밖에 있는가?"

보통 사람은
외로움을 싫어한다.
그러나
참 사람은 그것을 받아들여
홀로 있음을 즐길 뿐만 아니라
우주와 자신이 '하나' 임을 맛본다.

이보다 더 좋을 순 없다

　‘이보다 더 좋을 순 없다’고 말하는 소로우의 언감(言感)에는 미치지 못해도, 참으로 신비롭고 가슴 뛰는 일이었습니다. 손은 얼음이 박히도록 시렸지만 이미 뇌는 시각적 흥분으로 가득해 있었기 때문에 아무것도 알지 못하고 있었습니다.

　웬만한 등산 안내 책자에는 ‘연엽산’이 나와 있지 않습니다. 원창 고개를 넘어 마을 입구에 채 다다르기 전에 왼쪽으로 들어가는 길이 있습니다. 원창 저수지로 올라가는 길인데, 입구를 큰 쇠 가로막대로 막아 놓았습니다. 그곳에서 내려서 포장도로를 따라 30분 정도 걷게 되면 길이 끝나는 지점에 더 이상 나아가지 못하도록 쇠 철망으로 막아 놓았습니다. 그 오른쪽 산이 연엽산인데, 홍천의 북방면과 맞닿아 있습니다.

　여하튼, 우리는 철조망을 빠져서 대룡산 뒤쪽으로 나아가기 위해 다리 밑을 막 지나고 있었습니다. 그때 커다란 물고기 두 마리가 발자국 소리에 놀라서 어지럽게 움직이는 것을 보았습니다. 송어였습니다.

작은 웅덩이 민물에 사는 팔뚝만한 송어 두 마리는 우리를 흥분시키기에 충분했습니다. 이리저리 고기를 몰다가 결국은 구석에 웅크린 송어를 생포했습니다. 그때까지는 군침을 삼키면서 말입니다. 어릿어릿 고추장을 생각하고, 어떻게 회를 뜨나, 칼은 있는지… 여러 생각이 우리들 머릿속에 안개처럼 피어났다가 사라지고 있었습니다.

횟집에서 보던 그런 물고기가 아니었습니다. 빛깔은 어찌나 곱던지 무지개색 그대로였습니다. 물고기가 아니라 신비였고, 감동이었습니다. '신의 안약(眼藥)'처럼 맑고 빛나는 송어는 '천국에 가까이 있는' 황홀이었습니다.

회 맛이 어땠느냐고 물어 볼 생각은 아니시죠?

내가 월든 호수에 사는 것보다
신과 천국에 더 가까이 갈 수는 없다.
나는 나의 호수의 돌 깔린 기슭이며
그 위를 스쳐 가는 산들바람이다.
내 손바닥에는
호수의 물과 모래가 담겨 있으며
호수의 가장 깊은 곳은
내 생각 드높은 곳에 떠 있다.
　-헨리 데이빗 소로우

그 사람 대신에 죽었으면 합니다

엔도 슈우사쿠(遠藤周作)의 책 『나의 예수』에는 이런 이야기가 나옵니다.

제2차 대전 당시 한 폴란드인 신부가 일본에서 고아원을 운영하고 있었는데, 기부금을 얻으러 고국에 들어갔다가 나치에게 붙잡혀 강제 수용소에 끌려가게 되었습니다. 그곳에서 그는 거의 굶다시피 하면서 강제 노동을 하고 있었습니다.

탈출자가 속출하자, 수용소 당국은 탈출을 방지하기 위해, 탈출자가 잡히면 그 수만큼 한 방에 있는 사람들을 죽이는 방법까지 사용했습니다.

어느 날 점호 시간에 나치 장교가 탈출하다 잡힌 사람들을 세워 놓고 사형을 선고하고 있었습니다. 사형 방법은 감방에 가두어 놓고 굶겨서 죽이는 것이었습니다. 잡혀 온 사람 가운데는 비교적 나이가 젊은 사람이 있었는데, 그는 아내의 이름을 부르며 소리 내어 울었습니다. 바로 그때 뒷줄에 서 있던 폴란드 신부가 한 발 성큼 나서면서 나치 장교에게 청하였습니다.

"내가 그 사람 대신에 죽었으면 합니다. 나는 가톨릭 신부이기 때문에 처자가 없습니다. 따라서 내가 죽더라도 가슴이 찢어지도록 슬퍼할 사람이 없습니다. 그런데 그 사람에게는 아내가 있는 모양입니다. 그러니까 내가 그 사람 대신 죽는 세 낫겠습니다."

짐승 같은 나치 장교도 할 말을 잃은 듯했고, 잠시 후 허락의 뜻으로 고개를 끄덕였습니다. 그리하여 그 젊은 사람은 살고, 신부는 죽게 되었습니다.

너는 왔다가 가는 한 사람의 나그네
너는 재산을 모으고 부유함을 자랑하지만
그러나 떠날 때 너는 아무것도 갖고 가지 못한다.
너는 주먹을 쥐고 이 세상 속으로 와서
갈 때는 손바닥을 펴고 죽는다.
— 카비르

행복하여라,

자신의 영이 가난함을 깨닫고 성령을 구하는 사람이여!

성령을 통하여 천국을 이 땅에서 앞당겨 살고 있기 때문이다.

천국의 삶처럼 행복한 삶이 어디 있으랴!

행복하여라,

여린 마음으로 세상을 보며

세상의 불행을 보고 눈물 흘릴 줄 아는 사람이여!

하나님께서 그 눈물의 기도를 들어주시기 때문이다.

간절한 기도가 응답되었을 때의 그 행복을 무엇에 비하랴!

행복하여라,

성령께서 주신 능력을 하나님의 뜻을 이루는 데에만 사용하고

자신을 위해서는 기꺼이 무력해지는 사람이여!

무력해짐으로써 얻는 손해를

하나님께서 알아주시고 갚아 주실 것이기 때문이다.
하나님께서 알아주시는 고난만큼 뿌듯한 것이 있으랴!

행복하여라,
다른 사람의 딱한 사정을 보고 애간장을 태우는 사람이여!
하나님께서 그 사람에게도 애간장을 태우시며
지켜보실 것이기 때문이다.
하나님의 애끓는 관심을 받고 사는 삶이 얼마나 행복한가!

행복하여라,
하나님의 뜻을 이루는 것을 인생의 가장 큰 소원으로 두고 사는
사람이여!
하나님께서 그 뜻을 이루도록 해주실 것이기 때문이다.
소원을 이루어 가는 삶이 얼마나 행복하랴!

행복하여라,
마음을 모두어 하나님께 집중하고 사는 사람이여!
마음의 눈이 열려 하나님을 또렷이 볼 수 있게 되기 때문이다.
하나님을 마주 보고 사는 사람이 얼마나 행복하랴!

행복하여라,

사람과 세상이 온전한 삶으로 회복되도록 애쓰는 사람이여!
하나님께서 그 사람에게
"너는 내 자식 답구나!"라고 인정해 주실 것이기 때문이다.
하나님께 이런 인정을 받으며 산다는 것, 그것보다 행복한 일이
또 있으랴!

행복하여라,
하나님의 뜻을 위해 노력하되
어떤 박해도 무릅쓰고 끝까지 일하는 사람이여!
그 사람은 필경 이미 천국의 생활을 하고 있음이 분명하기 때문
이다.
천국의 삶보다 더 행복한 삶이 또 있으랴!

그러므로
행복하여라,
나를 믿고
전혀 다른 가치관과 인생관을 가지고 살아가는 사람이여!
이러한 삶은
개인적인 안일이나 물질적인 이익을 하찮게 여긴다.
뿐만 아니라
세상은 그러한 사람을 견디지 못하여

그를 유혹하여 넘어뜨리려고 하거나
제거해 내기 위해서 박해를 한다.

그러나 그것 때문에 나를 따르기를 포기하지 말라.
나를 따르면서 찌들리지 말라.
기쁘고 즐겁게 좁은 길을 걸어가라.
하나님께서 함께 하신다.
하나님께서 갚으신다.
그렇게 삶으로써
너희는 그 거룩한 선지자들과 같은 반열에 서게 되었다.

그러니 다시 말하거니와
나의 제자가 된 것으로 인하여
기쁘고 즐거워하라.
성령과 함께
전혀 다른 삶을
신나게 살아가라!

　－마태복음 5장 1~12

서고 정리를 하다가 옛날 초등학교 시절의 성적 통지표를 보았습니다. 자랑스럽게, 소위 우등상이라는 걸 해마다 탔었기 때문에 이담에 후손들에게도 자랑이 되겠다 싶었을 겁니다. 그래서 이때껏 끌고 다녔을 겁니다. 붓 뚜껑 같은 것에 빨간 인주를 묻혀서 대부분 '수'에 동그라미가 찍혀 있습니다. 그러니까 우등상을 내내 타지 않았겠습니까?

여하튼, 누구나 그랬을 어린 시절의 자기 자랑을 하려는 게 아닙니다.

수(秀)는 내 이름 끝 글자인데, '빼어날 수'입니다. '우수하다'는 뜻이죠.

우(優)는 '우등생' 할 때의 '우' 자입니다. '넉넉하다'는 말입니다.

'수'와 '우'가 별로 큰 차이가 없죠?

그 다음은 뭡니까.

미(美)는 아시다시피 '아름다울 미'입니다. '좋다'는 뜻입니다. 역시 잘했다는 의미입니다.

'양(良)'은 '양호하다'의 양으로 '좋다, 어질다, 뛰어나다'의 뜻이 있습니다. 말 그대로 '괜찮다'는 뜻이죠.

성적의 다섯 등급으로 네 번째를 차지하는 '양' 마저 좋은 뜻입니다.

놀랍게도 '가(可)'는 '가능하다'고 할 때의 '가' 아닙니까? '옳다'는 것이죠. 충분한 가능성을 가지고 있으니 '옳다'는 겁니다.

모든 영혼은 秀·優·美·良·可입니다.

모든 사람은 우수하고, 넉넉하고, 아름답고, 뛰어나고, 옳습니다.

만물로 하여금
제 길을 가게 하라.
날로 행복해지리.

땅 속으로 들어가 보면 어떨까?

양치기 '기게스'라는 사람이 있었습니다.

어느 날 그가 들판에서 양을 치고 있을 때 큰비가 쏟아지고 천둥과 지진이 일어나더니 땅이 갈라져 큰 구멍이 생겼습니다.

'구멍 속에는 뭐가 있을까?'

궁금한 기게스는 구멍 속으로 내려갔습니다.

거기에는 청동으로 된 말 한 필이 있었습니다. 말의 옆구리에는 커다란 시체가 있었고, 시체는 손가락에 금반지를 끼고 있었습니다. 그는 반지를 빼 가지고 밖으로 나왔습니다. 그가 반지를 한쪽으로 돌리자 자신이 투명 인간이 되었고, 다시 반지를 반대쪽으로 돌리니 본래의 모습대로 되돌아왔습니다.

그는 즉시 왕궁으로 달려가 자신을 투명 인간으로 만들어서 왕을 살해하고, 왕의 자리와 왕비를 빼앗아 버렸습니다.

소크라테스와 제자들 간의 대화에 등장하는 '기게스의 반지' 이야기입니다.

플라톤은 『국가』에서 인간 본성은 욕망으로 단단하고 악해서 결코 좋은 쪽으로 쓰지 않는다고 했습니다.

죽어도 좋으니 돈벼락을 맞고 싶다!
로또 복권이 생긴 이후에 사람들의 첫번째 소원이 '죽어도 돈벼락을 맞고 싶다'는 것이라고 합니다. 그렇다면 기게스의 반지를 찾아 땅 속으로 들어가 보면 어떨까요?

1백 대의 전차를 가진 군주나
1만 호를 다스리는 제후나
1백 채의 집을 가진 부자도 가난을 근심한다.
하물며 호적에 이름 석 자 적혀 있는 필부야 더 말해 무엇하랴.
－사마천

이놈, 다시 오기만 해봐라!

　게으른 농부가 있었습니다. 식구들이 모두 밭으로 일하러 나갈 때도 농부는 늘 집에서 잠만 잤습니다. 그러던 어느 날, 농부의 집에 도둑이 들었습니다. 졸린 농부의 눈에도 벌건 대낮에 담을 넘는 도둑이 보였습니다. 그러나 너무 잠에 취해 버린 농부는 누워서 이렇게 생각했습니다.

　"이놈, 마당 안으로 들어오기만 해봐라."

　그게 전부였습니다. 그는 잠에 취해 있었습니다. 꿈길을 들어서는가 싶었는데 이번에는 '쿵' 하는 소리가 들렸습니다. 담에서 뛰어내린 도둑이 살금살금 마당 안으로 들어오고 있었습니다. 무거운 눈꺼풀을 뒤집고 밖을 내다보며 농부는 다시 속으로 중얼거렸습니다.

　"이놈, 집안에 들어오기만 해봐라."

　농부의 게으른 꼴을 모두 읽은 도둑이 저벅저벅 안방으로 들어갔습니다.

　"이놈, 뭐든지 가지고 나오기만 해봐라."

이렇게 중얼거렸지만 게으른 농부는 여전히 천근의 잠에 취해서 누워 있었습니다. 얼마 후, 도둑은 안방에서 금은 패물을 한 자루 짊어지고 나왔습니다. 그리고는 성큼성큼 걸어서 대문을 벗어나고 있었습니다. 게으른 농부가 속으로 중얼거렸습니다.

"이놈, 다시 오기만 해봐라."

－김남준 「게으름」 중에서

바깥의 삶을 변화시키려면
안쪽부터 변화해야 한다.
변하고자 마음먹으면
놀랍게도 우주가 도움의 손길을 내밀어
필요로 하는 것을 가져다 준다.

－루이스 헤이

'밥보'로 살아서야 되겠는가!

요즘 신문은 간단치가 않습니다. 어제 오늘의 이야기를 새롭게 볼 수 있는 얄팍한 종이 수준을 지나, 아예 커다란 잡지 정도입니다. 그러니 아침 신문을 꼼꼼하게 읽기란 거의 불가능합니다. 그것도 한 종류가 아니고 두서너 가지라면 그야말로 짐입니다.

그러나 화요일 아침의 어느 신문은 기다려집니다. 신문 전체가 그렇다는 게 아니라, 이어령 선생의 「말의 정치학」이라는 작은 글을 읽는 재미 때문입니다.

초등학교 학생이 처음 산수를 배웠다. 선생님이 사과 열 개가 있는데 세 개를 먹으면 몇 개가 남느냐고 물었다. 그러자 한 아이가 대답하기를 '세 개가 남았어요' 했다. 선생님이 이상해서 아이에게 물었다.

"어째서 세 개가 남았느냐? 분명히 열 개중에 세 개를 먹었다고 말했는데?"

아이가 또렷하게 대답했다.

"엄마가 그러는데 먹는 게 남는 거래요."

먹고살기 위해 사는, 살아야 하는 '노동 인생' 임을 말해 준다. 이렇게 밥만 먹고 사는 사람, 밥밖에 모르는 사람을 일컬어 '바보' 라고 했다. '밥보' 에서 '바보' 라는 말이 나왔다. 그러나 21세기는 '먹는 것이 남는 사회' 가 되어서는 안 된다. 밥밖에 모르는, 밥만 먹고 사는 사람이어서는 안 된다. '보람과 꿈이 남는 사회', '보람과 꿈으로 사는 사람' 이 되어야 한다.

언어의 연금술사인 선생이 오늘 아침 신문에 올린 글의 대략입니다.

지당하신 말씀입니다. 이것이 희망입니다. 인간 희망이며, 사회의 희망이기도 합니다. 예수께서도 이미 말씀하시지 않았습니까!

사람이 밥으로만 살아서는 안 된다.
하나님의 입에서 나오는 말씀으로 살아야 하느니라(마4:4).

우리들 한 사람 한 사람은
특정한 때와 장소를 선택받아서
이 지상에 보내졌다.
우리는
영적인 진화와 성장의 길에서
우리를 앞으로 나아가게 해줄
특정한 교훈을 배우기 위해
이 땅에 오도록 선택받은 것이다.
그러니
'밥보'로 살아서야 되겠는가!

여러분, 사랑합니다

어느 해 가을, 지방의 한 교도소에서 재소자 체육 대회가 열렸습니다.

다른 때와는 달리 20년 이상 복역한 수인들은 물론, 모범수의 가족까지 초청된 특별 행사였습니다. 운동회 시작을 알리는 소리가 운동장 가득 울려 퍼졌습니다.

"본인은 아무쪼록 오늘 이 행사가 탈 없이 진행되기를 바랍니다."

오랫동안 가족과 격리되었던 재소자들에게도, 무덤보다 더 깊은 마음의 감옥에 갇혀 살아온 가족들에게도 그것은 가슴 설레는 일이 아닐 수 없었습니다.

이미 지난 며칠 동안 예선을 치른 구기 종목의 결승전을 시작으로, 각 취업장 별로 각축전과 열띤 응원전이 벌어졌습니다. 달리기를 할 때도, 줄다리기를 할 때도 얼마나 열심인지 마치 초등학교 운동회를 방불케 했습니다. 여기저기서 응원하는 소리가 들렸습니다.

“잘한다, 내 아들. 이겨라! 이겨라!”

“여보, 힘내요. 힘내!”

뭐니뭐니해도 이 날의 하이라이트는 부모님을 등에 업고 운동장을 한 바퀴 도는 ‘효도 관광 달리기 대회’였습니다. 그런데 참가자들이 하나 둘 출발 선상에 모이면서 한껏 고조됐던 분위기가 갑자기 숙연해지기 시작했습니다.

푸른 수의를 입은 선수들이 그 쓸쓸한 등을 부모님 앞에 내밀었고, 마침내 출발 신호가 떨어졌습니다. 하지만 온 힘을 다해 달리는 주자는 아무도 없었습니다.

아들의 눈물을 훔쳐 주느라 당신 눈가의 눈물을 닦지 못하는 어머니, 아들의 축 처진 등이 안쓰러워 차마 업히지 못하는 아버지…. 교도소 운동장은 이내 울음 바다로 변해 버렸습니다.

아니, 서로가 골인 지점에 조금이라도 늦게 들어가려고 애를 쓰는 이상한 경주였습니다.

그것은 결코 말로는 표현할 수 없는 감동의 레이스였습니다.

그들이 원한 건 1등이 아니었습니다.

그들은 그렇게 해서 함께 있는 시간을 단 1초라도 연장해 보고 싶었던 것입니다.

-기독교 사상 「짧은 두레박」

함께 있는 시간이 얼마나 소중한가는 그 시간을 잃어버린 다음
에나 깨달을 수 있겠지요.
서로를 그리워하는 날이 오기 진에 사랑합시다.
여러분, 사랑합니다.

비극도
지고(至高)의 선이 될 수 있다.
그것을 발판으로
성장할 수 있다면.

침묵에 빠질 시간이 되어갑니다

오늘날 몸은 극단적으로 신성시되고 있습니다. 몸을 생명 에너지의 보석함이라고 해석하는 요가와 동양 철학에서 영향을 받고, 패션이 있기 때문에 몸을 변화시킬 수 있다는 서양의 '몸의 패션'과 어우러져, 몸은 '사랑의 감정을 탈바꿈시킬 자극제' 또는 '정신과 영혼이 사는 궁전'으로 대접받고 있는 거죠.

소위 이 시대 삶의 코드는 온통 '몸'입니다.

오죽하면 어느 상업 방송에서는 100일 동안 한 여자를 완전히 뜯어고쳐 미인을 만드는 장면을 생중계한다고 하겠어요. '사람이 상품이 되고, 몸에 값이 매겨지는 것'을 걱정하는 사람들도 있지만, 또 많은 사람들은 미인만 될 수 있다면 나도 할 수 있다는 태세입니다.

오늘날 사람들은 프라다나 구치의 백을 사듯이 가슴과 입술에 실리콘 주사를 맞습니다. 그리고 고급 의상실의 작업장 같은 병원 수술실에서 몸을 깎아 내고 다듬습니다. 고급 의상실의 바늘이 성형외과 의사의 메스와 레이저가 된 셈이죠. 피어싱, 문신,

몸에 보석을 박는 것도 '몸'에 매달려 살아가는 삶의 한 단면입니다.

여하튼, 중학교를 졸업하고 이리저리 세상 문물을 넓히고 살아가는 밝음이가 지난해부터 애비를 조르고 졸랐습니다. 그러다가 이제는 아예 협박입니다. 취직을 못하면 책임을 지라고 하질 않나, 시집을 못 가면 아빠가 평생 데리고 살아야 한다는 겁니다. 그래도 못 들은 척하자 이번에는 외할머니를 찾아가서 이랬다는 겁니다.

"내 납작코가 누구를 닮았나 했더니 외할머니를 닮았어요. 아빠 보고 수술해 달랬더니 안 된다고 하시니 그럼 외할머니가 책임지세요."

"외할머니가 왜 책임을 지냐?"

"외할머니가 물려준 코니까요."

밝음이는 지금 그 문제의 코를 문지르며 옆에서 자고 있습니다. 잠을 자면서도 아이는 관능적인 몸의 멋을 잃어버리고, 편견과 프로젝트를 신뢰하며 자기 몸을 부정하고 있을지 모릅니다. 어서 빨리 밝음이가 몸이 모든 것을 보여 줄 수 있다는 착각에서 살아 돌아왔으면 좋겠습니다.

잘 자고
잘 먹고
잘 일어나며
알맞은 우스갯소리를 나누며
겸손하며
감사할 줄 알고
사랑할 줄 안다면
그대는 얼마나 아름다우며
얼마나 건강한가?
무엇이 더 있어야 한단 말인가?

한 해 동안 교우들이 얼마나 헌금을 했는지 알아보려고 개인별 헌금 내역을 회계부에 부탁했더니 너덧 장 되는 명단을 가져 왔습니다. 그중에 눈길을 끄는 교우의 이름이 '선수천'입니다. 나이 여든이나 된 여자 집사입니다. 글은 모르지만 헌금하는 정성으로 교회를 다니신다는 분입니다.

매주일 그는 자신과 손자와 아들의 이름으로 헌금을 합니다. 많으면 1만원이고, 적으면 7천원씩 봉투에 넣습니다. 1년 내내 거의 똑같습니다. 그렇다고 그녀가 부자인가 하면 전혀 그렇지 않습니다. 손이 갈퀴가 되도록 여태 일을 손에서 놓지 못하고 계신 분입니다. 일주일 내내 걸어 다닐 수 있는 30리 안팎의 밭과 논을 뒤져 시장에 내다 팔 것들은 모두 캡니다. 그렇게 해서 헌금을 장만하는 것입니다. 오로지 그의 삶은 '하나님께 정성을 다하기'입니다.

마음을 다하고 사는 것만큼 귀하고 아름다운 삶이 어디 또 있을까요?

어머니는 배추 두 포기를 이시고
나는 장난감 같은 지게에다 무 두 뿌리를 지고
십 리도 넘는 길을 걸어 추수감사절 예배에 참석했다.
색깔 고운 과실과 살찐 배추와 무
수수 이삭이며 조 이삭도 모두 탐스럽게
강단 위에 진열되어 있다.
그중에서 우리가 드린 배추와 무가
가장 여위어 있었다.
어머니와 나는 부끄러워 한나절 예배가 끝날 때까지
머리를 들지 못했다.
주님은 아시었으리
그래도 우리 김장 밭에선 제일 살찐 배추요 무였으니
예수님은 아시었으리.
추수감사 헌금에 김 장로는 백원을 드렸는데
나는 오전(五錢)을, 어머니는 십전(十錢)을 드렸다.
그래도
그때에는 마음을 다하였는데
지금은 왜 있는 것을 모두 드리지 못할까
오전(五錢)을 바치던 그때로
돌아가고 싶구나.

　　－황금찬 「추수감사절」

어머나, 난 그런 줄도 모르고

"자, 싱싱한 배추 왔어요, 배추! 싸요, 싸!"

이 이동 야채 가게는 집 앞 골목에 배추, 무 같은 야채를 싣고 와서는 동네 아주머니들을 끌어 모았습니다. 어느 날 외출에서 돌아오는 길에 배추가 하도 싱싱해 보여 여섯 포기를 산 나는 배달을 부탁했습니다.

"동, 호수만 가르쳐 주세요. 갖다 드릴 테니까요. 염려는 하덜랑 마세요."

"5동 415호요."

동, 호수를 가르쳐 주고는 배추 값을 지불한 뒤 집으로 돌아왔습니다.

그런데 곧 갖다 주마 하던 배추 장수는 저물녘이 되어도 오지 않았습니다. 마른 하늘에서 난데없이 먹구름이 몰려오더니 소나기만 한차례 퍼부었습니다. 비가 와서 늦으려니 하고 기다리던 나는, 비가 그치고 밤이 되어도 배추 장수가 오지 않자 화가 치밀어 참을 수가 없었습니다.

“에휴, 그깟 돈 만원에 양심을 팔다니. 어휴!”

“뜨내기 장사꾼을 믿은 당신이 잘못이지. 그냥 잃어버린 셈 쳐요.”

남편은 위로인지 책망인지 모를 소리로 내 심사를 건드렸고, 나는 허탈해진 마음으로 잠이 들었습니다.

다음날은 볕이 좋아 빨래를 했습니다. 탈탈 털어서 베란다에 줄 맞추어 널고 있던 점심 무렵이었습니다.

딩동.

“누구세요?”

“저, 혹시 어제 배추 사신 적 있으세요?”

나는 얼른 문을 열었습니다. 문 앞에는 땀에 절은 허름한 차림의 남자가 서 있었는데, 바로 어제 그 배추 장수였습니다. 나는 반가운 마음보다 책망하는 마음이 앞서 따지듯 말했습니다.

“네, 맞아요. 근데 왜 인제 오셨죠?”

배추 장수는 민망한 듯 머리를 긁적이며 쪽지 하나를 내밀었습니다.

“동, 호수를 적은 종이가 비에 젖어서 글자가 다 번지고 맨 끝에 5자만 남았거든요.”

그는 내 표정엔 아랑곳하지 않고 계속 말했습니다.

“그래서 이 단지 안 5호란 5호는 다 돌아다니다가 날이 어두워져서 그만. 아유, 이거 죄송합니다.”

　　그는 고개까지 숙이며 내게 사과했습니다. 그는 숨바꼭질 같은
집 찾기에 정말 지친 듯 입술까지 부르터 있었습니다.
　　"어머나, 난 그런 줄도 모르고."
　　그는 점심이라도 먹고 가라고 붙잡는 내 손을 뿌리치고 이제라
도 장사를 해야 한다며 돌아섰고, 나는 그런 그를 의심했던 내가
부끄러워 고개를 들 수가 없었습니다.

-TV동화 「행복한 세상」 2권

만일 지금까지 내가
나 자신과 다른 모든 이들을 비난하고
인생을 아주 부정적인 눈으로 보는
부정적인 사람이었다면,
이제 방향을 바꾸어
사랑하는 인간이 되는 데는
시간이 걸릴 것이다.
여기에는 인내심이 필요하다.

아줌마는 하나님의 부인이신가요?

영적 성장은 종종 전혀 예기치 못한 방식으로 이루어집니다.

열 살 된 소년이 뉴욕의 한 신발 가게 앞에 맨발로 서 있었다. 멋진 차를 타고 가던 한 여인이 소년을 보고 멈춰 섰다. 아름답게 옷을 차려입은 그녀는 차에서 내려 소년에게 다가갔다.

"얘야, 왜 그렇게 신발 가게 유리창을 쳐다보고 있니?"

"저는 단지 하나님께 신발 한 켤레를 달라고 기도하고 있었어요."

소년은 꽁꽁 언 발을 동동 구르며 대답했다. 그녀는 소년을 데리고 가게로 들어갔다. 그리고는 종업원에게 양말 열두 켤레를 주문하고 대야와 수건을 부탁했다. 이윽고 종업원이 그녀가 부탁한 것들을 가져 왔다. 그녀는 소년을 데리고 가게 뒤쪽으로 갔다. 그리고 장갑을 벗고 무릎을 꿇고 앉아 소년의 얼굴과 발을 따뜻한 물로 씻겨 주고 수건으로 구석구석 닦아 주었다. 그녀는 아이에게 양말을 신기고 가게 중앙으로 돌아와 신발 한 켤레를 샀다.

헤어질 때 그녀는 소년에게 말했다.

"네가 더 편안해지기를 바란다."

소년은 그녀의 손을 잡고 눈물을 흘리며 말했다.

"아줌마는 하나님의 부인이신가요?"

-W. B. 프리맨 「기도」

하루에도 두서너 통의 전화는 받는 듯합니다. 어떤 때는 '나는 담임 목사가 아니다' 라고 말해야겠다는 다짐도 수차례합니다. 그렇게 거짓말을 하면 그 자리를 피할 수 있으니까요. 어제만 해도 그랬습니다. 듣지도 보지도 못한, 그렇다고 무슨 자료라도 있는 게 아닌, 무턱대고 전화를 해선 무슨 무슨 복지 단체인데 겨울을 나려면 돈이 필요하니 몇 구좌(1구좌가 얼마인지도 말하지 않은 채)의 돈을 보내 주시면 좋겠다고 합니다. 때때로 협박 비슷한 어투의 전화도 있습니다. 그럴 때마다 적절히 따돌렸습니다. 한 열 번쯤 전화를 하면 나도 더 이상은 손사래를 하기 어려워 마지못해 그들이 원하는 대로 하긴 하지만, 영 기분은 씀바귀 한입 삼킨 맛입니다.

그런데, W.B 프리맨의 「아줌마는 하나님의 부인이신가요?」를 읽고 나선 그런 정신이 싹 가셨습니다. '바로 이거였다' 는 생각이 들어서입니다.

나는 하나님의 뭐가 되어 볼까? 아들? 동생?

이게 그거야

월요일 아침에 교우들 15명과 같이 남쪽으로 길을 떠났습니다. 올 겨울 들어 내리는 첫눈을 맞으면서 말이죠. 새해가 시작되기 전에 먼지 낀 마음이나 바닷바람에 쓸어 내 보자는 생각이었습니다. 여행이란 늘 그렇듯이 뜻밖의 만남과 이해가 있습니다. 이번 여행에서도 다르지 않았습니다.

수십년 얼굴 맞대고 살아온 이들이지만, 그들 생의 갈피에 쌓인 삶의 한(恨)을 온 몸짓으로 듣고 읽을 수 있었던 것이 그중 하나입니다. 경남 사천과 진주를 거쳐 통영에서 하룻밤을 자고 남해 바다 위에서 하루 내내 있었습니다.

저녁 무렵에 교우들이 시장에서 해산물을 사왔는데, 그중에 '개불'이라는 근사한 물건(?)이 하나 있었습니다. 그 물건을 보시더니 영구 할머니께서 이러시더군요.

"이게 그거야."

"그게 뭔데요?"

"만질수록 커지는 거. 이게 그거야."

그때부터 나이 드신 노인들의 입에서 터져 나오는 몸 후끈거리는 이야기들을 들으며 내 몸도 자꾸 부풀어 오르더군요.

그러나 생의 대부분은 '건드릴수록 커져' 기쁨을 빼앗아 가는 일들이 많습니다.

숲속은 쌓인 낙엽과 이름 모를 열매들의 향기로 그윽했다.

버섯 캐는 남자 둘이서 숲을 걷다가 한 사람이 무심코 땅 위에 떨어진 과일을 밟았다.

그런데 그 과일이 갑자기 두 배로 커지는 것이었다.

다른 사나이가 그 모양이 의심스러워 힘을 주어 밟았다.

그랬더니 다시 두 배로 커지는 것이었다.

두 사람은 이상히 여겨 들고 있던 작대기로 서로 돌아가며 그 과일을 힘껏 내리쳤다.

그러자 그 과일이 숲의 길을 막아 버리는 것이었다.

이때 수염을 하얗게 기른 이가 나타났다.

"자꾸 건드리지 말아라. 그것은 말싸움이라는 이름의 과일이다. 맞서지 않으면 처음 그대로이나, 상대하여 맞서면 계속 커지는 이상한 과일이지."

— 최예선 「명상, 나를 찾아서」 중에서

소울 메이트

남편을 시인으로 뒀던, 이제는 홀로 사는 일흔의 여자 교우가
남녘을 여행하는 내내 운전하는 내 옆자리에 타고 있었습니다.
내가 심심할까 봐 교우는 이런 이야기 저런 얘기를 하고 또 했습
니다. 그러다가 불쑥 "목사님, 영혼의 짝이랄 만한 벗 있어요?"
하고 물었습니다.

"장로님이 지금 영혼의 벗을 그리워하고 계시는군요."

그래서 대답 대신에 『갈매기의 꿈』을 쓴 리차드 바크 이야길 했
습니다. 『갈매기의 꿈』으로 얻은 수입의 대부분을 '영혼의 반쪽'
을 찾느라 다 써버린 이야기 말입니다.

청년 시절 나는 그의 자전적인 소설 『소울 메이트』를 읽으며 온
전한 인간다움의 경험이라는 게 뭘까 고민하기 시작했었습니다.
나의 종교는 여기서부터 시작되었다 해도 틀리지 않습니다.

마음이 통하는 사람을 만났습니다. 자신의 '부족함'에 대해 이야
기하더군요. 하지만 나는 그 사람의 얼굴에서, 말에서, 몸짓에서,

넘쳐나는 '충족함'을 보았습니다.

전화 목소리만 들어도 왠지 편안해지는 사람을 만났습니다. 자신의 '조급함'에 대해 이야기하더군요. 하지만 나는 그 사람의 일상에 깃들어 있는 '여유로움'을 읽었습니다.

자주 얼굴이 붉어지는 사람을 만났습니다. 자신의 '우유 부단함'에 대해 이야기하더군요. 하지만 나는 자신에게는 말할 수 없이 엄격하면서도, 다른 사람들에게는 늘 이해와 아량으로 대하는 그의 삶에서 진정한 '단호함'이란 무엇인가를 느꼈습니다.

사람 향기가 물씬 묻어나는 사람을 만났습니다. 자신의 '교만함'에 대해 이야기하더군요. 하지만 나는 약하고 보잘것없는 사람들 앞에서는 자신을 한없이 낮추면서도, 힘으로 남을 억누르려 하는 자들 앞에서는 한치도 물러서지 않는 그 사람의 행동에서 진짜 '겸손함'을 배웠습니다.

문득문득 그리워지는 사람을 비로소 만났습니다. 자신의 '좁은 식견'에 대해 이야기하더군요. 하지만 나는 그 사람의 눈동자에서 원대한 '꿈과 이상'을 엿보았습니다.

참, 흐뭇한 날이었습니다. 이렇듯 좋은 사람을 친구로 둔 나는 정말로 행복한 사람임에 틀림없습니다.

－「생각이 아름다운 55가지 이야기」 중에서

나는
나의 가장 좋은 친구입니다.
그러므로 지금의 나를
사랑하며 받아들여야 합니다.
생은 가장 즐거운 존재가 되기 위한
과정에 있기 때문이죠.

붓 글씨를 쓰는 옆집 여자는 다분히 신경질적이다. 그럴 때마다 서도(書道)를 한다는 사람이 저러면 될까 싶은 마음도 든다. 어느 날인가 베란다에서 키우던 동양란 한 그루가 활짝 꽃을 터뜨렸다. 얼마나 그 향기가 진하던지 흥분해서 방안을 서성이다가 뜬금없이 옆집 여자 생각이 났다.

'그 여자도 난 향을 맡으면 좋겠다.'

왜 그런 생각이 일어났는지 모를 일이지만, 망설일 일이 아니다 싶어 얼른 맘 변하기 전에 화분을 들고 그 여자네 집으로 갔다.

"너무 향기가 좋아서요. 글씨 쓰시는데 옆에 있으면 더 잘될까 싶어서요."

뜨악하게 바라보는 여자에게 묻지도 않는 답을 두 개나 읊어 놓고 집으로 돌아왔다. 며칠이 흘렀을까, 아마 두어 달은 지났을 성싶은 어느 날이었다. 외출을 했다가 집으로 들어서는데 대문에 흰 백합 한 무더기가 큰 플라스틱 통에 꽂혀 있었다. 그리고 작은 쪽지에 다음과 같은 글이 박혀 있었다.

"이웃에 살면서 따뜻한 얼굴로 살지 못해 미안해요. 지난번에 가지고 오신 난의 꽃 향기가 얼마나 저를 행복하게 하던지. 그래서였을 거예요. 이번 전국 미술 내회에서 제가 대상을 탔어요. 미안하고 고마운 마음에 저도 꽃 한 다발을 이웃에게 드리고 싶어요. 그리고, 우리 이제는 친하게 지내요. 한번 놀러 갈게요."

-2003년 12월12일 새벽, 목욕탕엘 가느라고 틀어 놓은 어느 라디오 방송 내용 중에서

6.25전쟁 중에 뜻함 없이 한 남자의 둘째 부인이 되어서 시퍼렇게 몸 고생 마음 고통을 겪으며 살아온 이에게 신앙의 경륜이 깊은 교우는 이렇게 처방을 내렸습니다.

"남편의 발을 씻겨 드리고 절하세요. 고맙고 감사하다고."

저는 그 이야기를 등뒤로 들으면서 사랑과 치유의 에너지로 가득했던 한 존재가 생각났습니다. 세상을 바꾸는 것은 그리 대단한 게 아닙니다.

우리는 우리가 사는 이곳을

천국이 되게도

지옥이 되게도 할 수 있다.

그것은 전적으로

나에게 달린 문제다.

사랑과 치유의 에너지를 보내라.

내가 마음을 다해 하는 일이

세상에 변화를 가져 오고

천국을 만든다.

속이 썩어 뻥 뚫린 느티나무를 대하노라면 자식 키우느라 고생한 어머니의 품이 떠오르고, 한겨울에 붉게 피어났다가 세찬 바람결에 후두둑 꽃송이째 떨어지는 동백꽃을 보면서 '박수 받을 때 떠나는 인생이 아름답다'는 교훈을 깨닫는다.

예쁜 나무에서 열린 못생긴 열매에 놀라고, 엄청 달콤한 향기에 놀라고, 몸서리 치게 떫은 맛에 세 번 놀란다는 모과나무를 접하면서 외양이 아닌 내면의 소중함을 깨닫게 되고, 사람을 겉모습만 보고 판단하지 말아야겠다는 자성을 하게 된다.

또한 바위 틈에 터를 닦는 진달래에게 자기 자리를 내어주는 노간주나무를 보면서 '좀 손해 보면 어떠냐'는 삶의 여유를 배우게 되고, 전국 어디서든 5리마다 한 그루씩 서 있는 오리나무를 보면서 5리마다 쉬어 가는 마음을 갖게 된다.

그리고 봄이 되면 가장 먼저 잎을 내고 가을이면 가장 늦게 잎을 떨구는 버드나무에게서 희생의 미덕을 배우게 되고, 독립수라는 특성 때문에 숲을 이루지도 못하고 암나무와 수나무가 따로 있어 평생 자식 한 번 못 본 채 생을 마감하는 은행나무에게서 외로움을 견디어 내는 인내를 배우게 된다.

-우종영 「나무에게서 배우다」

교회가 뭘까? 아니, 교회는 뭐 하는 곳인가?

목사 노릇 20년이 지났지만 묻고 또 묻습니다. 그러다가 시 한 편을 심심하게 읽는 중에 '나무'와 '숲'의 명상이 매서운 겨울 바람으로 일었습니다. 숲은 생명입니다. 숲이 없으면 생명도 없습니다. 결국 교회는 '더불어 사는 숲'입니다.

나는 나무가 크고 작은 숲에서
종족을 이루고 사는 것을 숭배한다.
나무들이 홀로 서 있을 때 더 더욱 숭배한다.
그들은 마치 고독한 사람들 같다.
시련 때문에 세상을 등진 사람들이 아니라
베토벤이나 니체처럼 위대하기에 고독한 사람들 말이다.

-헤르만 헤세

그래도 사랑하라

서너 달 전에 질질 끌려 우리 집 식구가 된 흰 강아지가 있습니다. 소 우리에서 나고 자란 까닭에 짐승하고는 친한지 몰라도 사람에게는 영 곁을 주지 않아서 기르는 재미가 없습니다. 아무리 그래도 시간이 흘렀으니 최소한 밥 주는 사람에게라도 꼬리를 살살 흔들 것 같은데 처음과 달라진 게 없습니다. 그래도 강아지하고 친해지고 싶은데 방법이 없습니다.

강아지에 대한 미움만 더해 가던 어느 날, T.V를 보는데 우리 집 강아지와 똑같은 강아지가 등장했습니다. 「세상에 이런 일이」라는 프로그램이었는데, 다른 식구들에게는 사납지 않은데 유독 강아지를 사 오고 밥 주는 주인 남자에게만 앙칼스럽다는 게 이야기의 내용이었습니다. 하는 짓이 꼭 우리 집 '쮸쮸'였습니다. 그래서 '세상에 이런 일이'라는 것이었습니다.

그러나 내 관심은 저런 놈을 어떻게 사람과 친하게 하느냐는 것이었는데, 드디어 강아지를 잘 다룬다는 사람이 화면에 나타났습니다. 나는 침 삼키는 것조차 멈추고 그 사람의 처방을 지켜보았습니다.

  그는 강아지를 가슴에 안고 귀 뒷부분을 손으로 살살 쓸어 주는 것이었습니다. 그게 강아지에게 사람의 마음을 전달하는 방식이랍니다. 대부분의 강아지는 그렇게 해주면 적대감을 갖지 않는다는 설명을 덧붙인 후에, 사납게 대드는 주인 남자에게 한번 해보라고 했습니다.

  말 그대로였습니다. 강아지는 유순하게, 그러나 아직은 믿음이 가지 않는다는 듯이 가만히 있는 게 아니겠습니까!

  당장 나는 문 밖으로 달려나가 캉캉 짖어대는 우리 집 강아지를 억지로 끌어내 뒷덜미를 쓰다듬기 시작했습니다. 강제로 당하는 일이라 처음에는 거칠게 버둥거리더니 차츰 조용해졌습니다.

  녀석은 기분이 좋은 듯했습니다.

  세상에서 가장 좋은 것을 주면 당신은 발길로 차일 것이다. 그래도 가진 것 중에서 가장 좋은 것을 주라.
  -마더 테레사 「그래도 사랑하라」 중에서

  사랑함으로써 얻게 되는
  덤의 하나는
  기분이 좋아진다는 것이다.

광야와 사막

이집트와 이스라엘을 여행해 본 사람이라면 틀림없이 한 번쯤은 받았을 질문이 바로 이것입니다.

"당신은 광야와 사막의 다른 점을 아는가?"

일정 중에 긴 사막을 통과하기도 하고 광야를 지나기도 하기 때문입니다. 물론 여행의 시기에 따라 그 감동은 다소 달라질 수 있지요. 땅에 달라붙듯 피어난 온갖 꽃들과 파란 풀들이 가득한 2~3월이 다르고, 풀 한 포기 꽃 한 그루 찾아볼 수 없이 노랗게 말라붙은 대지를 봐야 하는 6~8월이 다르기는 합니다.

애타게 기다리던 비가 내렸습니다.

논에도 내리고, 밭에도, 들판에도 내렸습니다.

며칠마다 한 번씩 정말 흠뻑 내렸습니다.

비가 내리자,

논밭은 그 비로 새로운 열매를 맺을

예쁜 꽃들을 피웠으며, 언덕은 소와 양떼가

먹을 풀들을 키웠습니다.
그리고 쓸 만큼 쓰고 남은 물은 졸졸 시냇물을
만들어 강으로 바다로 내려보냈습니다.

사막은 달랐습니다.
내리는 비를 받아들이고, 또 받아들이고.
받을 줄만 알지 정작 줄 줄은 몰랐습니다.
씨앗의 싹을 틔우지도, 예쁜 꽃을 피우지도,
남은 물을 내려 보내지도 않았습니다.
자신의 메마름을 채우기 위해 대지보다
더 많은 비를 받아들였지만,
언제나 늘 메마른 모습 그대로였습니다.

광야는 온갖 꽃들의 씨앗과 풀들의 뿌리가 살아 있어 언제든
비만 내리면 생명을 쏟아 냅니다. 그러나 사막은 아무리 비를 내
려도 아무것도 나눠 주지 못합니다. 예쁜 꽃도 파란 들풀의 씨앗
도 품고 있지 않기 때문입니다. 사람도 광야 같은 사람이 있는가
하면 사막 같은 이도 있습니다.

마음 속의 새 살배기

“아빠! 있잖아, 밤하늘엔 별이 너무 예쁘게 반짝거리잖아. 근데 아침이 되면 왜 안 보이는지 알아?”

인도네시아 발리 섬 동쪽 바로 옆에 있는 롬복 섬의 해변. 이곳에서 우리는 많은 이야기를 가슴에 담고 있는 두 사람을 만났다. 서른한 살의 아버지 데니와 여섯 살배기 아들 띠안이다. 인도네시아 인임에 틀림없는데, 이들의 대화는 엉뚱하게도 한국어다.

“어? 아빠는 왜 그러는지 모르는데, 띠안은 알아?”

아이는 별 박사라도 된 듯 자신 있게 대답한다.

“아빠. 그건 말야, 해가 뜨면 별은 바다 속으로 들어간대. 그리고 별은 불가사리가 된대. 그래서 낮에는 별이 바다 속에 있기 때문에 안 보이는 거래.”

여섯 살배기 띠안과 서른한 살 데니.

이 두 사람은 한국에서 인도네시아로 돌아온 지 이제 열흘 밖에 안 됐다. 데니는 인도네시아 사람이다. 스물세 살이 되던 해,

8남매의 장남으로서 가족들을 먹여 살리기 위해 산업 연수생 자격으로 한국에 들어왔다. 그러나 노동자가 아닌 산업 연수생의 위치는 그에게 가혹했다. 30만원도 채 못 미치는 월급. 그리고 일상처럼 날아오는 욕설과 폭력. 결국 그는 공장을 이탈했고, 불법 체류자로 작은 공장을 다니며, 지난 11월 15일까지 한국에서 지냈다.

그렇게 불안한 신분으로 살던 데니는 어느 날 한국 여성을 만났고, 그 두 사람 사이에서 아들이 태어났다. 그 아이가 바로 띠안이다. 그렇게 데니는 한국에서 9년의 세월을 보냈다.

띠안의 이야기는 「어떤 귀향」이라는 제목의 다큐멘터리로 2004년 1월 21일(설날) KBS 1TV를 통해 방영되었다.

–한국 화가 우안 최영식의 홈 페이지에서

별이 잘 보이는 곳에서 자신의 별을 가지고 있는 아이. 그 아이, 띠안에게 진 빚보다 더 큰 빚, 자기 자신 속의 세 살배기 아이에게 고함을 지르는 빚을 지고 있는 것은 아닐까요?

우리는 누구나

마음 속의 세 살배기 아이와 함께 살아가고 있다.

그런데 대부분은

불행하게도 그 아이에게 고함을 치며 살고 있다.

그리고는

어째서 삶이 이토록 순탄하지 못한가 의아해 한다.

1099년 7월 15일의 예루살렘

이제는 성탄절의 상징이 되었습니다.

구세군 자선 냄비 말입니다. 알다시피 구세군은 기독교 개신교 중의 하나인데, 언젠가는 의정부에서 스님들 너덧 명이 자선 냄비 곁에 서서 오가는 사람들에게 '그리스도의 사랑으로 불우한 이웃을 돕자'고 하루 종일 외쳤다는 기사가 실렸습니다. 그런가 하면, 인천의 어느 성당에서는 한밤중에 괴한이 나타나 아기 예수 상과 성모 마리아 상에 빨간색과 까만색 페인트를 칠한 사건이 발생했습니다. '악마의 소굴…' 운운한 낙서와 함께 말입니다.

솔로몬 사원 문을 지날 때 우리는 말을 탄 채 무릎 높이까지 올라온 피의 강을 지나갔다. 사원은 오랫동안 이단자들로부터 불경스러운 모독을 당해 왔으니, 바로 그 장소를 이단자들의 피로 가득 채운 것은 하느님의 훌륭한 심판이 아닐 수 없다.

1099년 7월 15일, 예루살렘을 점령한 십자군이 7만 명의 무슬림을 살육한 현장에 대한 기록입니다.

지금은 벽 하나만 남아 있는 솔로몬 사원은 기독교와 이슬람이 모두 성지로 여기는 예루살렘의 복판입니다. 기독교도들에겐 솔로몬이 세웠던 성전이 있던 곳, 아브라함이 아들 이삭을 제물로 바치려 했던 곳입니다. 무슬림에겐 예언자 마호메트가 천사 가브리엘의 안내를 받으며 승천했으므로, 그들에게도 예루살렘은 성지입니다.

그래서 동로마의 황제 유스티니아누스가 543년에 교회를 세웁니다. 715년엔 무슬림이 예루살렘을 점령하여 이슬람 사원을 세웁니다. 십자군이 다시 예루살렘을 되찾게 되자 문자 그대로 피로 제단을 씻었던 것입니다.

십자군의 잔혹함은 독선에서 비롯됩니다. 이와 같은 도그마적 종교관이 다른 문화와 종교에 대한 경멸과 파괴로 나타납니다. 자기 부족을 지켜 주는 신을 섬기던 전근대적 사회의 배타적 종교관이 포용성의 성숙을 갖지 못하고 폐쇄적 형태로 굳어 버린 까닭입니다.

나는 얼마나 자주
어제 쌓인 정신의 쓰레기들로
오늘의 삶을 만들고 있는가?
정기적으로 마음 속을 청소해서
낡은 쓰레기나
더 이상 내게 필요치도 않고
알맞지도 않은 것들을
내버릴 필요가 있다.
나는 긍정적이고 훌륭한 생각들을,
내게 양분이 되고
좀더 자주 사용하게 될 생각들을
윤이 나게 닦고 싶다.

그러면 그 일이 일어나리라

외국의 어느 자전거 경매장에서 있었던 일입니다.

그 날 따라 많은 사람들이 찾아와 저마다 좋은 자전거를 적당한 값에 사기 위해 분주한 모습들이었습니다. 그런데 어른들이 주 고객인 그 경매장 맨 앞자리에 한 소년이 앉아 있었고, 소년의 손에는 5달러짜리 지폐 한 장이 들려 있었습니다. 소년은 아침 일찍 나온 듯 초조한 얼굴로 그 자리를 지키고 있었습니다. 드디어 경매가 시작되었고, 소년은 볼 것도 없다는 듯 제일 먼저 손을 번쩍 들고 "5달러요!" 하고 외쳤습니다.

그러나 곧 옆에서 누군가 "20달러!" 하고 외쳤고, 그 20달러를 부른 사람에게 첫번째 자전거는 낙찰되었습니다. 두 번째, 세 번째, 네 번째도 마찬가지였습니다. 5달러는 어림도 없이 15달러나 20달러, 어떤 것은 그 이상의 가격에 팔려 나가는 것이었습니다. 보다못한 경매사는 안타까운 마음에 소년에게 슬쩍 말했습니다.

"꼬마야, 자전거를 사고 싶거든 20달러나 30달러쯤 값을 부르거라."

"하지만 아저씨, 제가 가진 돈이라곤 전부 이것뿐이에요."

"그 돈으론 절대로 자전거를 살 수 없단다. 가서 부모님께 돈을 더 달라고 하려무나."

"안 돼요. 우리 아빠 실직당했고, 엄만 아파서 돈을 보태 주실 수가 없어요. 하나밖에 없는 동생한테 꼭 자전거를 사 가겠다고 약속했단 말이에요."

소년은 아쉬운 듯 고개를 떨구었습니다. 경매는 계속되었고, 소년은 자전거를 사지 못했습니다. 하지만 여전히 제일 먼저 5달러를 외쳤고, 어느새 주변 사람들이 하나 둘씩 소년을 주목하게 되었습니다.

그 날의 마지막 자전거.

이 자전거는 그 날 나온 상품 중 가장 좋은 것으로 많은 사람들이 그 경매를 고대했었습니다.

"자, 최종 경매에 들어갑니다. 이 제품을 사실 분은 값을 불러 주십시오."

경매가 시작되었습니다.

소년은 풀죽은 얼굴로 앉아 있었지만 역시 손을 들고 5달러를 외쳤습니다. 아주 힘없고 작은 목소리였습니다. 순간 경매가 모두 끝난 듯 경매장 안이 조용해졌습니다. 아무도 다른 값을 부르지 않는 것이었습니다.

"5달러요. 더 없습니까? 다섯을 셀 동안 아무도 없으면 이 자전거는 어린 신사의 것이 됩니다.”

사람들은 모두 팔짱을 낀 채 경매사와 소년을 주목하고 있었습니다.

“5-4-3-2-1!”

“와~아!”

마침내 소년에게 자전거가 낙찰되었다는 경매사의 말이 떨어졌고, 소년은 손에 쥔 꼬깃꼬깃한 5달러짜리 지폐 한 장을 경매사 앞에 내놓았습니다. 순간 그곳에 모인 사람들이 자리에서 모두 일어나 소년을 향해 일제히 박수를 치는 것이었습니다.

도움을 청하라

인생에

내가 원하는 바를 요구하라

그러면 그 일이 일어나리라.

출애굽기 3장을 보면 호렙 산의 불타는 가시덤불 이야기가 나옵니다. 모세가 광야에서 양을 치다가 작은 가시덤불에 불이 붙은 것을 보고 다가갔습니다. 그는 그곳에서 하나님을 뵙고 부름을 받았습니다. 유대인 랍비들의 일담을 묶어 놓은 탈무드에 보면 랍비들이 이렇게 묻습니다.

"하나님은 왜 그렇게 작은 가시덤불에서 모세에게 나타났을까?"

사실, 그 거대한 산에서 작은 가시덤불 하나에 불붙은 것을 알아보기란 쉽지 않습니다. 더욱이 호렙 산은 붉은 돌덩어리로 이루어진 산이기에 밝은 햇살 아래서는 언제나 천지 사방이 불타는 듯이 보일 테니 더욱 그렇습니다. 단지 모세의 주의를 끌려는 목적에서 일어난 일이라면, 거대한 백향목에 불붙게 하시든지 좀더 큰 사건을 일으켰어야 하지 않았을까요? 왜 그렇게 작은 덤불을 사용해 모세를 부르셨을까요?

대답이 무엇인지 아십니까?

랍비들에 의하면, 하나님은 애굽 궁전에서 크고 높고 화려한 것에만 물들었던 모세를 40년 동안 광야에 보내 작고 낮고 사소한 것을 귀중히 여기는 훈련을 시켰다는 것입니다. 마침내 모세가 거대한 호렙 산에서 작은 가시덤불에 붙은 불을 볼 수 있을 만큼 훈련되었을 때 그를 불러 당신의 도구로 사용하셨습니다. 아마도 그 가시덤불은 모세가 알아볼 그 순간까지 오랫동안 타고 있었을지도 모를 일입니다.

어디를 가고
누구를 만나든
사랑이 나를
기다리고 있으리라.

몸에 병 없기를 바라지 마라

몸에 병 없기를 바라지 마라. 몸에 병이 없으면 탐욕이 생기기 쉽다. 세상살이에 곤란 없기를 바라지 마라. 세상살이에 곤란이 없으면 업신여기는 마음과 사치한 마음이 생긴다. 공부하는 데 장애 없기를 바라지 마라. 마음에 장애가 없으면 배우는 것이 넘치게 된다. 수행하는 데 마(魔)가 없기를 바라지 마라. 수행하는 데 마가 없으면 서원이 굳건해지지 못한다. 일을 꾀하되 쉽게 되기를 바라지 마라. 일이 쉽게 되면 뜻을 경솔한 곳에 두게 된다. 친구를 사귀되 내가 이롭기를 바라지 마라. 내가 이롭고자 하면 의리를 상하게 된다. 남이 내 뜻대로 순종해 주기를 바라지 마라. 남이 내 뜻대로 순종해 주면 마음이 교만해진다.

—명묘(明妙)「보왕삼매론」중에서

교회에 잘 나오던 교우가 어느 날 불쑥 "안녕히 계세요"합니다. 자기에게 맞지 않는, 이래저래 부담이 되는 일거리를 맡겼다는 게 그 이유입니다. 그런가 하면 적절한 이름을 붙여 주지 않았다고 마음이 토라진 교우도 있습니다.

한쪽은 맡겼다고 탈이고, 또 다른 쪽은 맡기지 않았다고 탈이죠. 모두 제 마음의 저울질에서 비롯된 것입니다.

간난 신고(艱難辛苦)는 시련이 아니라 실험이고, 연습입니다. 병고를 만나고, 마장(魔障)을 만나고, 곤란을 만날 때야 희망은 찬란한 현실로 피어납니다.

그러나 사람들은 미래를 희망만 하고 정작 그것을 위해 나서지 않습니다. 십자가를 지지 않는 거죠. 이렇게 딱딱해진 자신을 느끼지 못하면 꿈은 현실을 갉아먹고, 영혼은 길을 잃고 맙니다.

인생의 모든 것은
바로 내 자신의 거울이다.
'바깥 세상'에서
뭔가 거북한 일이 일어났다면
그 즉시 내면을 들여다보고
이렇게 물어야 한다.
"내가 어떻게 이런 일이 일어나게 했는가?
내 안에 무엇이
내게 이런 일이 생길 만하다고
여기는 거지?"

우리가 예언은 할 줄 모르지만, 적어도 다음과 같은 사람의 미래가 잘될 리가 없다는 것은 알 수 있습니다. 현재가 아무리 좋게 보여도 다음과 같은 사람들의 미래는 절대로 좋지 않습니다.

불평 불만이 많은 사람 / 고마움을 모르는 사람 / 불화가 반복되는 사람 / 불행의 요인을 외부에서 찾는 사람 / 부정적인 말을 많이 사용하는 사람 / 입에서 원망의 말이 튀어나오는 사람 / 걱정을 붙잡고 사는 사람 / 미운 사람이 많은 사람 / 주지는 않고 받으려고만 하는 사람 / 사랑 결핍증이 심한 사람.
　－최용우 「햇볕 같은 이야기」 중에서

나는 가인과 아벨의 성서 이야기가 바로 이와 같은 부정적인 사고의 모범이라고 여깁니다. 구태여 그렇게 불만을 품지 않아도 될, 얼마든지 다른 방식으로 이해해도 될 일에 있어서 가인은 극도로 부정적이었습니다. 결국은 그 부정성이 그를 파멸로 이끌지 않았을까요?

가인의 부정성과 반대될 인물을 골라 보라면 야곱의 막내아들 요셉을 들 수 있지 않을까 합니다. 그는 그의 삶에 발생하는 모든 외부적인 사건에 대해서 긍정적이었습니다. 자기 자신에게 모두 유익한 일들이라는 것입니다. 그의 꿈 해석은 늘 긍정적이었습니다. 그것이 그를 긍정에 이르는 인물이 되게 했습니다. 이른바 '성공'은 긍정적 삶의 선물입니다.

부드러우면서도 단호하며
집요하고 일관성 있게 생각한다면
신속하고도 간단하게
변화를 이루리라.

그 집에 똥누러 한번 가실래요?

　국어 사전에 '묵음(默音)'이라는 단어를 찾으니 간략하게 '발음이 되지 않는 소리'라고 되어 있습니다. 영어에는 n 앞에 k, m 뒤에 b, n 앞에 g 같은 것들이 묵음(默音)입니다.

　글자는 분명히 거기 있는데, 발음은 하지 말아야 한다는 것입니다. 발음에는 아무런 영향도 주지 못하면서 그 글자를 쓰지 않으면 틀린 단어가 된다는 겁니다. '도대체 누가 무엇 때문에 그 쓸데없는 묵음이라는 걸 만들어서 우리를 골탕 먹이나' 하는 생각도 듭니다.

　우리말이든 영어든 중국어든, 언어학적으로 묵음이 어떻게 설명되어 있는지는 모르겠습니다. 그렇지만 이런 생각은 듭니다. 사람들이 사는 이 세상에도 묵음 같은 어떤 것이 필요할는지 모른다는 생각 말입니다.

　소리 내서 말해서는 안 되지만, 그렇다고 그 존재를 빠뜨려서도 안 되는 그런 것들이 세상엔 있습니다. 세상뿐 아니라 한 개인에게도 그런 것들은 있는 것 같습니다. 드러나지 않고 소리 나지 않지만, 그 자리에 꼭 있어야만 나를 완성시키는 바로 그런 것들 말입니다.

그건 늘 함께 있기 때문에 떠난 후에도 허전함이 느껴지지 않는 친구일 수도 있고, 소리 낼 수 없는 나만의 사랑일 수도 있습니다. 바로 묵음 같은, 눈으로 보고 마음으로 느끼면서도 말할 수 없는 그런 경우가 가끔은 있습니다.

얼마 전 교우들과 안동의 병산서원을 갔더니 돌담으로 잘 둘러친 뒷간이 있었습니다. 돌담이 달팽이처럼 빙 둘러쳐 안쪽은 보이지 않지만 그야말로 안온하기 그지없는, 그저 심심해서라도 똥 다리에 한번 올라앉아 보고픈 그런 뒷간이었습니다. 그런데 그 똥 다리, 그러니까 쪼그리고 앉으면 바로 눈앞으로 이어진 나무의 끝에 관솔로 깎아 붙인 눈(目)이 있더군요.

그러니 똥 다리의 두 눈도 '묵음'인 셈입니다.

오늘은 내 인생에서
아주 흥미 진진한 날
지금 나는 놀라운 모험을 즐기고 있나니
이와 같이 특별한 때는
다시는 없으리라.

가까운 계곡을 걷는데 돌에 부딪히는 쇳소리가 들렸습니다. 남자 어른 두 사람이 개구리를 잡다가 나를 보더니 금세 경계의 눈빛을 던집니다. 찰나가 어색해서 "등산객입니다" 하고 묻지도 않은 말을 지껄이곤 지나갔습니다. 그래서였는지 산길을 걸으면서 내내 '개구리'가 내 머릿속을 떠나지 않았습니다.

개구리는 물에서도 살고 땅에서도 사는 양서 동물입니다. 외부 온도에 대한 적응력이 뛰어나서 온도 차가 40도가 되어도 살아남는다고 합니다.

어릴 때 생각이 납니다. 개구리를 잡아다가 갑자기 뜨거운 물에 집어넣으면 뛰쳐나옵니다. 천지 사방으로 달아나는 개구리를 잡느라고 한바탕 소란을 피우고 나자, 할머니가 내게 '즐겁게 개구리 죽이는 법'을 가르쳐 주셨습니다.

물을 미지근하게 해서, 손을 집어넣었을 때 시리거나 뜨겁다고 느껴지지 않을 만큼 물을 데운 다음에 개구리를 넣으면 이놈들이

가만히 있답니다. 그 다음에 서서히 가열하면 온도 변화에 적응을 잘하는 이놈들이 적응 한계치를 넘어선 이후에도 뛰쳐나오지 않는다는 것이었습니다. 그렇게 온도를 높이다가 고추장만 풀면 '개구리 탕'이 된다는 것이었습니다.

어른이 된 다음에 알았죠. 개구리가 가장 좋아하는 온도가 섭씨 23도라는 것을 말입니다.

오늘은 어제가 아닙니다. 그러니 어제처럼 살아서는 안 되는 일입니다. 그러다가 그만 '개구리 탕' 인생이 되기 때문이죠.

지금 이 순간
내가 무엇을 생각하고 믿고 말하느냐를
정하는 일은 중요합니다.
지금 이 순간의 생각과 말들이
나의 미래를 창조합니다.
내가 하는 지금 이 순간의 생각이
내일
다음주
다음달
내년에 내가 맞을
일들을 만듭니다.

노아의 방주

우리 나라 군인들이 전쟁의 상처가 아물지 못한 이라크로 가는데, 가는 곳이 '키르쿠크'라고 합니다. 그저 전쟁이 일어난 나라의 한 곳이거니 싶지만 그렇지 않습니다. 키르쿠크는 '주디'라고 불리는 산의 남쪽 티그리스 강 상류에 해당하는 곳입니다. 고대 메소포타미아 문명의 발원지이기도 하고, 수많은 민족들이 이곳에서 나라를 세우고 사라져 갔습니다. 그런데 그보다 더 우리의 관심을 끄는 것은 '주디' 산입니다.

이라크 북부에 사는 쿠르드 족의 한 지파인 예지드 인들은, 창세기에 나오는 노아의 방주가 홍수에 떠밀려 다니다가 닿은 곳이 바로 '주디다그' 산이라고 말합니다. 해발 2천 미터인 이 산의 정상에는 아직도 감사의 제사를 지내는 전통이 남아 있다고 합니다.

시리아와 북부 터키를 여행할 때 우리는 방주가 있다는 아라랏 산을 방문한 일이 있습니다. 아라랏의 반대편 산 언저리에 방주가 굳어 돌이 되었다는 곳에도 갔었습니다. 아라랏은 흑해와 카

스피 해 사이를 가로질러 우뚝 솟은 카프카스 산맥의 남단에 자
리잡고 있습니다. 장엄하기 그지없는 산이라 방주가 걸렸음직한
그런 느낌도 들었습니다. 중세기 이탈리아의 여행가 마르코 폴로
도 아라랏을 지지하는 사람 가운데 한 사람이기는 하지만, 오늘
날 많은 학자들은 진지하게 키르쿠크의 '주디' 산을 주장하기도
합니다. 어느 곳에 노아의 방주가 머물렀는지 그것은 중요한 일
이 아닙니다.

우리는 원시의 암흑이 지배하던 시기에 키르쿠크 일대는 이미
찬란한 문명의 꽃을 피웠던 곳이요, 노아의 방주가 도착했었을
수도 있다고 하는 땅이니, 우리의 파병은 이래저래 의미를 갖는
다는 것입니다.

단순히 무엇인가를 주러 가는 사람의 거만함보다 '기꺼이 받아
들이는 힘을 배우는', 그런 기회로 삼았으면 싶습니다.

행운의 사람이 되고 싶다면
기꺼이 받아들이는 법을 배우라.
기쁘고 즐거운 마음으로 받으라.
그것이 무엇이든.
원치 않은 것일지라도.

넘쳐도 해롭지 않은 욕망

    초등학생 '알리'가 심부름을 갔다가 여동생 '자라'의 하나뿐인 구두를 잃어버리는 이야기로부터 「천국의 아이들」이란 영화는 시작됩니다.

    알리의 집은 너무 가난해서 자라에게 새 신발을 사 줄 형편이 되지 못합니다. 그래서 알리는 자신의 신발을 자라와 같이 신기로 하죠. 자라는 오전반이고 알리는 오후반이었기 때문에 가능한 일이었습니다. 그러나 알리는 자주 지각을 했습니다. 자라가 늦게 오는 날이 종종 있었기 때문입니다.

    알리는 어느 날 동생의 신발을 주워 신고 다니는 아이를 만납니다. 그러나 그 아이 역시 자기만큼 가난하고 어려운 처지인 것을 알게 되자 동생의 신발을 되찾겠다는 마음을 멈춥니다.

    그러던 어느 날 알리를 흥분케 하는 소식이 전해졌습니다. 달리기 대회의 3등상이 운동화 한 켤레라는 것을 알게 된 것입니다. 알리는 대회에 참가했습니다. 그리고 달렸습니다. 1등이 되려고 달린 게 아니라 3등이 되려고 달렸습니다.

　우리들의 욕망과 알리의 욕망은 조금 다릅니다. 알리의 욕망은 외부로부터 불어넣어진 것이 아니라 그의 가슴 속에서 출발한 것입니다. 알리의 욕망은 배려와 사랑의 감정에서 출발한 것입니다. 알리는 1등을 바라지 않습니다. 그저 3등이길 원하는 것입니다. 이런 욕망은 아무리 넘쳐도 해롭지 않습니다.

사람들은
가장 배울 필요가 있는 일에
가장 크게 반발한다.
만약 당신이
“난 할 수 없어.”
“하지 않을 거야.”
따위의 말을 하고 있다면
아마도 그 일이야말로
그대에게 가장 중요한 공부일 것이다.

도끼 날 맛을 봐야 한다

쇠 난로에 나무를 때던 시절이 있었습니다. 불과 몇 년 전의 일입니다. 한겨울을 나기 위해선 화물차로 서너 대의 참나무를 실어 와야만 했는데, 자르고 패는 일도 나무를 구하는 일만큼 쉽지 않았습니다. 그러나 힘든 만큼 얻는 감동도 컸던 기억이 납니다. 그런 일에 비하면 석유를 사용하는 요즈음은 싱겁고 재미가 없습니다.

충주에서 기도원을 하는 후배가 조금전에 다녀갔습니다. 손은 툭툭 터져 있고, 손톱 밑은 때가 끼어 있습니다.

"기도원 원장의 손이 왜 그렇게 거치냐?"

"기도원 원장이 뭐 별겁니까? 나무 해다 불때는 게 일인데요."

기도원이 대부분 도회지와 떨어져 있지만 궁핍하지만 않다면 요즘 세상에 누가 나무를 하겠으며, 나무를 때서 난방을 하겠습니까? 후배는 궁핍한 내색도 없이 다시 이럽니다.

"나무를 해서 아궁이에 넣으면서 배우는 게 많습니다. 언제는 어느 공사판에서 낙엽송 마른 것을 한 차 가져 왔거든요. 근데 이

것들이 얼마나 단단하던지 톱이 들지 않아서 자르느라고 고생 엄
청했어요. 그런데 그건 약과예요. 마른 낙엽송 토막을 쪼개는 게
더 문제예요. 아예 도끼 날이 텅텅 튀어요. 결국은 쪼개지도 못
하고 힘만 쓰다가 아궁이에 넣었더니 글쎄, 도끼 날에 이리저리
찍힌 놈은 불이 활활 타고 아예 도끼 날 맛을 보지 않은 것들은
뎅글뎅글 굴러다니더라고요. 불 속에서 말이지요. 그러니까 쪼개
지지는 않더라도 찍히긴 해야 돼요."

사랑은 그분의 도끼 날에 찍히는 것입니다.

이제
스스로에게 다정해지는 법을 배우고
자신을 완전하고 충분히 사랑하라.
스스로를 사랑하지 말라고 배웠던
과거를 잊어버리고
손을 가슴에 얹으면 사랑이 느껴지도록
흠뻑 자기를 사랑하라.
그런 다음에야 자기 밖의
누구든
무엇이든 사랑할 수 있다.

폴란드의 영화 감독 키에슬로프스키가 1987년 3월부터 1988년 4월까지 만든 10부작의 영화가 「데칼로그」입니다.

데칼로그는 그리스 어로 '십계명'을 뜻하는데, 3300여년 전 이스라엘 민족을 이끈 모세가 하느님께 받았다는 그 '십계명'을 철학적이고도 신학적인 통찰은 물론, 영화 작가로서의 타고난 재능을 발휘해서 영상으로 재해석해 냈다는 것에 큰 의미가 있습니다. 그에 의하면 십계명은 인간의 자유로운 삶을 구속하기 위해 내린 명령이 아닙니다. 자유에 대한 성찰입니다.

예를 들어, '욕심을 내지 말라'는 부정문의 계명이 있습니다.

열 번째 계명인 이것은 '아무것에도 얽매이지 말고 부디 자유롭게 살라'는 하느님의 간곡한 부탁으로 다시 태어납니다.

키에슬로프스키는 영화에서 말합니다.

"십계명은 자유에 대한 위대한 선언이다. 죄로부터의 자유, 탐욕으로부터 해방되는 자유, 인간의 궁극적 억압인 자기 자신으로

부터 해방되는 자유, 인간이 누릴 수 있는 모든 자유 중 가장 포
괄적이고 절대적인 자유, 곧 존재 자체를 향유하게 하는 자유를
선포한 것이다.”

정훈 장교인 정인 군이 2편씩 묶어서 5개로 되어 있는 「데칼로
그」 DVD를 선물했습니다.
자유의 선물인 셈입니다.

우리는 이 행성 전체를 위한
새로운 각성의 최전선에 서 있다.
내가 확장하려는 사고의 지평선은
어디까지인가?

마음속에 깃든 힘을 꺼내 쓰는 법

미국의 대통령인 에브라함 링컨이 스스로를 위해 만들었다는 '링컨의 십계명'은 그의 마음 속에 깃들어 있는 힘을 활용키 위한 것이었습니다. 구속이 아니라 자신의 내면에 깃든 힘의 활용 방안이었던 셈입니다. '모세의 십계명'은 모세의 마음에 깃든 힘을 꺼내기 위한 도구였습니다. 그렇다면 오늘 나는 나의 창조적 삶을 위해 '나의 십계명'이 있어야 하지 않을까요?

1. 나는 주일을 거룩하게 지키며 예배 생활에 힘쓸 것이다.
2. 나는 날마다 하나님의 말씀인 성경을 묵상하고 그 말씀을 실천할 것이다.
3. 나는 도움을 베풀어 주시는 하나님 아버지께 날마다 겸손히 기도할 것이다.
4. 나는 나의 뜻이 아니라 하나님의 뜻에 순종할 것이다.
5. 나는 하나님께서 베풀어 주신 은혜를 기억하며 감사할 것이다.
6. 나는 연약하지만 하나님의 도우심에 의지할 것이다.

7. 나는 하나님만을 높여 드리고 그분께만 영광을 돌려드릴 것이
   다.
8. 나는 하나님 안에서 우리 모두는 자유하며 평등하다고 믿는다.
9. 나는 형제를 사랑하고, 이웃을 사랑하라는 주님의 명령을 실
   천할 것이다.
10. 나는 이 땅 위에 하나님의 진리와 공의가 실현되도록 기도할
   것이다.

우리의 마음은
우리가 지닌 힘의 근원이다.
사랑하는 마음으로 생각하게 될 때
우리는 누구나 쉽사리
창조적이 될 수 있다.
이제
그대의 마음 속에 깃든 그 힘을
그대의 것으로 만들라.

두두둑, 하늘에서 떨어지는 윷가락

"모야 !"

윷가락을 던지는 게 아니라 하늘을 향해 멋진 춤을 풀어내는 듯 유연한 몸짓입니다. 몸을 틀어 올리다가 휘~익 허공에 획을 긋듯이 팔을 휘어 내립니다. 하늘을 향했던 윷가락이 적당한 시간차를 두고 두두둑 떨어집니다. 맨 나중에 떨어진 윷가락이 먼저 떨어져 배를 보이던 윷가락을 때리니 벌렁 뒤집히며 모가 되었습니다. 그야말로 멋진 놀이입니다.

"한 사리 더!"

왁자하던 분위기가 조용해지며 시선이 다시 한 곳으로 집중됩니다.

"모야!"

하지만 개입니다.

"개 길로 잡고 한 번 더 놀아."

"아니야, 개로 굽고 모로 튀는 게 빨라. 두 동산이라 무겁긴 해도."

적당한 경쟁심과 투기심이 곁들었지만, 독선보다는 서로 협의해 말을 쓰는 협동심을 길러 줍니다. 그래서 윷놀이는 단순한 놀이가 아닙니다.

그런데 과연 그럴까요?

좋게 말하면 윷놀이가 '어울림의 미학'이지만, 그 속성은 시대 상황을 그대로 닮아 있습니다.

우선 윷판을 달리는 말은 '빨리' 가야 합니다. 그러려면 앞서 가는 다른 사람의 말을 잡아야 합니다. 그래도 급하기 때문에 업어야 하고, 앞으로 가는 것으론 성이 차지 않으니 뒤로 가는 요행수도 있어야 합니다. 가능한 수단과 방법을 가리지 말고 1등이 되어야 합니다.

월요 산행을 마치고 점심을 먹는데, 후배 목사 한 분이 '새로운 윷놀이 법'을 제안했습니다. 간단합니다. 천천히 나는 사람이 이기는 것으로 하면 전혀 새로운 양상의 윷놀이가 된다는 것입니다. 윷이나 모가 나오면 실망하고, 업지도 않고, 잡지도 않고, 뒤로 가는 도는 물론 없습니다. 그러면 정말로 '어울림의 미학'이 된다는 것입니다.

천국의 삶이 있다면 이런 게 아닐까요?

내가 저지를 수 있는

최악의 일은

화를 내는 일이다.

분노는

나를 낡은 틀 안에

더욱 굳게 가둘 뿐.

새로 시작하는 생은 언제나 젊다

집 떠나와 열차 타고 훈련소로 가던 날 / 부모님께 큰절하고 대문 밖을 나설 때 / 가슴 속에 무엇인가 아쉬움이 남지만 / 풀 한 포기 친구 얼굴 모든 것이 새롭다 / 이제 다시 시작이다 젊은 날의 생이여 // 친구들아 군대 가면 편지 꼭 해다오 / 그대들과 즐거웠던 날들을 잊지 않게 / 열차 시간 다가올 때 두 손 잡던 뜨거움 / 기적 소리 멀어지면 작아지는 모습들 / 이제 다시 시작이다 젊은 날의 꿈이여

　　-「이등병의 편지」

　새해 첫날 왜 대중 가요의 가사를 늪혀 놓았을까요?

　싱싱하기 때문에 그랬습니다.

　생기 찬 '이등병'은 떠나는 집과 부모, 친구와 사물들을 '새로움'에 둡니다.

　그는 외칩니다.

“새로 시작하는 생은 언제나 젊다!”

새해는 새로 시작하는 젊음, 꿈의 출발입니다.

기쁨을 구하라!
지금 이 순간을 누리도록
인생이
있는 것이니.

오늘 나는 처음 사람입니다

동자(童子)는 사람의 처음이요, 동심(童心)은 마음의 처음이다. 그런데 어떻게 해서 처음 사람을 갑자기 잃게 되는 것일까?

처음에는 듣고 보는 것이 귀와 눈을 통해 들어오고, 그것이 마음의 주인이 됨으로써 동심을 잃는다.

자라면서는 도리(道理)라는 것이 견문(見聞)을 좇아 들어오고, 그것이 마음의 주인이 됨으로써 동심을 잃게 된다.

오래되면 도리와 견문이 나날이 많아지고, 그러면 지식과 지각의 범위가 나날이 더욱 넓어지게 되므로, 그로 인해 훌륭한 이름을 떨치는 것이 좋다는 것을 알아 이를 떨치려고 힘쓰는 과정에서 동심을 잃게 되고, 좋지 않은 명성이 추하다는 것을 알아 이를 감추는 데 힘쓰려고 하는 과정에서 동심을 잃게 된다.

— 이탁오 「동심설」

오늘 나는 새 사람입니다.

나는 긴장을 풀고 압박감을 주는 모든 것에서 벗어나 있습니

다. 어떤 사람도, 장소도, 사물도, 사건도 나를 짜증 나게 하거나
화나게 하지 못합니다. 나는 평화입니다. 나는 내 사랑과 이해가
반영되는 세상에 살고 있는 자유인입니다. 나는 어느 것과도 적
대하지 않습니다. 나는 내 삶의 질을 개선해 줄 모든 일에 찬성
합니다. 나는 내 말과 생각을 나의 현재와 미래를 빚는 도구로만
사용합니다.

새해 아침, 처음 사람의 처음 마음의 주인인 나는 더없이 편안
합니다.

오늘은 새날
그러니
모든 좋은 일을
새로이 요구하고 창조할지어다.

새벽은 새벽에 눈뜬 자의 것이다

『아침형 인간으로 변신하라(다키이 노부오 지음)』

『아침형 인간(사이쇼 히로시 지음)』

『아침형 인간의 성공기(사이쇼 히로시 지음)』

요즘 서점가를 휩쓸고 있는 베스트 셀러의 제목입니다. 그뿐이 아닙니다.

『아침이 늦다며, 새벽 사람 전성기(오정현 지음)』

『새벽 2시에 일어나면 뭐든지 할 수 있다(에다히로 준코 지음)』 라는 책도 선보였습니다.

이른 아침의 생각은 긍정적이고 적극적이다. 반면 늦은 밤에는 왠지 비관적이고 감상적으로 바뀐다.

－「아침형 인간」 중에서

만약 당신이 무엇을 하면 좋을지 갈피를 못 잡고 삶에 갑갑함을 느끼고 있다면 우선 〈아침형 인간〉이 되어 보라. 이른 아침 상

쾌한 시간에 〈다짐〉하는 시간을 가져라. 그리고 조용히 눈을 감
고 마음 속에 하루의 결의를 새롭게 새겨 보라. 일찍 일어나기는
목표를 세울 수 있는 창조력과 그 목표를 달성할 수 있는 기력을
준다.

　-『아침형 인간의 성공기』중에서

새벽엔
마음 속을 들여다볼 수 있다.
그렇게
더 깊이 자신의 마음을 들여다볼 때마다
믿을 수 없을 만큼 아름다운 보물을
얻게 된다.

由旬, 허둥대지 않으리라

소설가 박범신이 대학을 졸업하고 어떤 신문사에 취직 시험을 보았습니다. 면접 대기실에서 긴장하고 앉아 있는데, 여비서가 나와서 이렇게 말했습니다.

"사장실에 들어가면 카펫 위에 분필로 그린 동그라미 두 개가 있으니 거기 두 발을 나란히 딛고 면접에 임하세요."

그는 순간 터무니없는 불안감이 엄습했다고 합니다. 그 두 개의 동그라미를 찾지 못할 것 같은, 그래서 그만 면접을 망치고 떨어질 것 같은 두려움 같은 거였답니다.

급기야 순서가 되어서 사장실로 들어갔습니다. 문을 밀고 들어서자마자 면접관의 얼굴은 보지 못하고 동그라미부터 찾았습니다. 그런데 분명히 카펫 위에 그려 놓았다는 동그라미가 보이지 않는 것이었습니다. 그는 허둥댔습니다. 가뜩이나 털이 긴 카펫에 그려진 동그라미가 앞 사람 발길에 뿌옇게 지워졌으니 선명하게 보일 리 만무했기 때문이었습니다. 시간이 얼마나 흐른 뒤에 가까스로 분필 자국을 찾아 발을 딛고 섰지만, 그는 면접에서 떨어지고 말았습니다.

  허망하게 고향행 기차에 몸을 실은 박범신은 어처구니없는 것
에 노심 초사했다는 심한 자괴심이 치밀어 올라 이렇게 다짐했다
고 합니다.

  '다시는 카펫 위 동그라미 두 개를 찾느라 허둥대며 살지 않으
리라.'

  그는 그렇게 문학의 길로 접어들었고, 소설가가 되었습니다.

    다짐은 출발점이다
    다짐은 길을 열어 준다.
    다짐을 하는 순간
    더 이상 무력한 존재가 아니다.

나는 '좋아' 인간이다

어느 날 아침, 사람들로 붐비는 엘리베이터 안에서 한 사내의 유쾌한 모습을 보고 누군가가 투덜거리는 말투로 물었습니다.

"대체 무엇 때문에 당신은 맨날 그렇게 즐겁소?"

그러자 사업가가 씩 웃고는 말했습니다.

"글쎄요! 선생님, 전 오늘을 살아 본 적이 없거든요."

프랭크 로이드 라이트(Frank Lioyd Wright)라는 건축가가 있었습니다.

그가 83세 되던 때, 그는 그동안 자신이 설계한 건축물 중에 가장 중요한 작품을 선택한다면 어떤 것을 고르겠냐는 질문에 이렇게 대답했답니다.

"다음 작품입니다!"

나를 가장 긍정적으로 밀어 주는
우주에 그대를 맡기라.
그대는
'좋아' 하고 말하는 우주에 응답하는
이 '좋아'의 세상에 사는
'좋아'이다.

spirit & hand phone

2004년 1월 4일 오후 1시35분에 화성 탐사선 스피릿(spirit)이 네 번째로 화성에 착륙했다고 합니다. 화성은 지구 바로 바깥쪽을 공전하는 행성으로 약 4억km의 거리에 있습니다. 인류가 화성에 이토록 관심을 쏟는 이유는 생명체가 있을 것으로 기대하기 때문입니다. 화성은 지구처럼 대기도 있고, 자전축도 기울어져 있어 계절도 있습니다.

이렇게 아침 신문의 1면은 온통 화성 이야기로 가득 차 있었습니다. 그런데 나의 눈길을 끄는 또 다른 기사가 있었는데, 우리나라 핸드폰 시장이 번호 이동성 때문에 격랑에 빠졌다는 내용이었습니다.

나는 자주 '세계 제1의 휴대폰'이라는 이야기를 듣습니다. 우리 나라 휴대폰의 단말기가 세계 그 어느 나라 것보다 품질이 우수하다는 것입니다. 그것은 사실입니다. 그러나 최첨단 우주 과학의 총아인 탐사선을 만드는 사람들이 휴대폰 단말기 하나를 으뜸으로 만들지 못하는 걸까요?

늘 그것이 궁금했었는데, 우연하게도 앞의 두 가지 기사를 한 화면으로 읽으면서 주관적인 깨침이 일어났습니다. 우리가 여태 땅에서 발을 떼지 못하고 있는 사이에 저들은 이미 우주에 눈을 두고 살았다는 사실을 말입니다.

어리석은 비교는 사람을 바보로 만듭니다.

내가 배워야 할 일을
남이 대신 해줄 수는 없다.
스스로 배워야 하며
준비가 됐을 때 배우게 된다.

내가 너와 같으냐?

어린 아이가 아버지에 대해 가지는 생각의 변화 과정을 재미있게 그린 글이 있습니다.

4세 : 아빠는 뭐든지 다 알아. 뭐든지 다 할 수 있어.

7세 : 아빠가 모르는 것도 있네. 할 수 없는 것도 있네.

14세 : 아빠가 이것도 모를까? 이것도 할 수 없을까?

21세 : 아빠가 이것은 알고 계실까? 이것은 할 수 있을까?

25세 : 아빠는 역시 구세대야. 아빠는 이제 늙었어.

30세 : 아버지는 이 일을 어떻게 생각하실까? 아버지라면 어떻게
　　　 하셨을까?

35세 : 여보, 결정하기 전에 아버님께 여쭤 봅시다. 아버님께 부
　　　 탁드려 봅시다.

50세 : 아버님은 내 나이에 어떻게 하셨을까?

60세 : 아버님이 살아 계셨다면 내가 이렇게 하지는 않았을 텐데.

내가 바라는 하나님, 내가 기대하는 하나님, 내가 주조한 하나님, 언제나 나에게 '오냐, 오냐' 만 해주는 하나님, 나만큼 작아진 하나님, 내가 할 수 있는 것 이상 할 수 없는 하나님을 버리고, 살아 계신 하나님을 찾아 나서는 모험, 그분과 깊은 사귐에 이르는 모험을 떠나야 합니다. 위험해 보이지만, 두려워 보이지만 진정한 희망을 약속하는 모험, 숨이 멎을 때까지 우리의 인생을 끊임없이 들뜨게 해줄 모험, 결코 소진되지 않을 생명력으로 우리의 인생이 충만해질 모험을 시작해야 합니다.

사람들은 각자
순간을 최선으로 살고 있다.
그러나
만일 좀더 알고
더 많이 이해하고 인식한다면
또 다른 최선이 있을 것이다.

그가 넙죽 절했다

아랫강에 사는 자라는 얼음물로 세수를 하고 거북이한테 세배를 갔습니다.

거북이는 바닷가 모래밭에서 자라의 세배를 받았습니다.

거북이가 덕담을 하였습니다.

"올해는 사소한 것을 중히 여기고 살게나."

자라가 반문하였습니다.

"사소한 것은 작은 것 아닙니까? 큰 것을 중히 여겨야 하지 않을까요?"

거북이가 고개를 저었습니다.

"아닐세, 내가 오래 살면서 보니 정작 중요한 것은 사소한 것이었네. 사소한 일을 잘 챙기는 것이 잘사는 길이야."

자라가 이해를 하지 못하자 거북이가 설명하였습니다.

"누구를 보거든 그가 사소한 것을 어떻게 처리하는지를 보면 금방 알게 되네. 사소한 일에 분명하면 큰일에도 분명하네. 사소한 일에 부실한 쪽이 큰일에도 부실하다네."

자라가 물었습니다.

"그럼 우리 일상 생활에서 해야 할 사소한 일은 어떤 것입니까?"

거북이가 대답하였습니다.

"평범한 생활을 즐기는 것, 곧 작은 기쁨을 알아봄이지. 느낌표가 그치지 않아야 해. 다슬기의 감칠맛! 상쾌한 해바라기! 기막힌 노을! 총총한 별빛!"

자라는 일어나서 거북이한테 넙죽 절하였습니다.

"어른의 장수 비결을 이제야 알았습니다. 느리고 찬찬함, 곧 사소한 것을 중히 알아보는 지혜로군요."

그러고 보니 거북이의 장수 비결과 '느림'이 무관하지 않다는 생각이 듭니다. 주님께서 왜 '작은 것에 충성하는 자에게 큰 것도 맡기겠다'고 말씀하셨는지도 이 거북 스승의 체험적 가르침 속에서 깨달아지는군요. 느낌표가 더해지는 신바람 나는 나날을 삽시다.

대부분 사람들은 삶을 마치 경주라고 생각하는 듯해요.

목적지에 빨리 도달하려고 헉헉거리며 달리는 동안,

주변에 있는 아름다운 경치는 모두 놓쳐 버리는 거예요.

그리고 경주가 끝날 때쯤엔 자기가 너무 늙었다는 것,

목적지에 빨리 도착하는 건 별 의미가 없다는 것을 알게 되지요.

그래서 나는 길가에 주저앉아서 행복의 조각들을 하나씩 주워 모을 거예요.

아저씨, 저 같은 생각을 가진 철학자를 본 적이 있으세요?

- 진 웹스터 「키다리 아저씨」 중에서

그것이 비록 거짓말일지라도

「제이콥의 거짓말(Jakob the Liar)」

2차 대전 당시 수용소 생활을 직접 경험한 폴란드계 유대인 주렉 베커의 원작을 독일과 체코가 합작하여 영화로 만들었던 것을 피터 카소비츠 감독이 리메이크한 작품으로 대강의 줄거리는 다음과 같습니다.

나치 점령하의 폴란드. 제이콥은 게토에 거주하는 전직 카페 주인으로, 희망 없는 현실 속에서도 웃음을 잃지 않으려 애쓰는, 소심하지만 낙천적인 인물입니다.

어느 날 우연한 일로 통금을 어기게 되고, 조사를 받기 위해 불려 간 독일군 장교의 관사에 켜져 있던 라디오를 통해, 소련군이 얼마 떨어지지 않은 곳까지 진주했다는 소식을 접하게 됩니다. 마을로 돌아온 후 라디오에서 들은 소식을 말하게 되는데, 급기야 소문은 제이콥이 라디오를 소유하고 있다는 식으로 퍼져 버립니다. 라디오 소지는 사형입니다. 당황한 제이콥이 사태를 수습

하려 하면 할수록 소문은 더욱 증폭되어 가고, 제이콥은 그의 한 마디 전언에 생과 사를 오가는 사람들을 보며 결국은 그 자신 스스로 적극적으로 거짓말을 해야 하는 처지에 놓이게 됩니다. 거짓말 때문에 게토 내에서의 자살률이 현저히 줄어들었기 때문입니다. 그로서는 더 이상 피할 도리가 없는 상황이었던 것입니다. 그로 인해 게토 안에서는 희망과 공포가 교차하는 묘한 상황들이 벌어지는데, 한편에서는 그를 예언자로 칭송하는가 하면 한편에서는 그의 존재를 불안해 하는 이들도 늘어 갑니다.

그렇다면 구약 최대의 뻥쟁이 '야곱(제이콥)'의 일생도 '제이콥의 거짓말'이 주는 의미를 갖을까요?
결론부터 말하면 '그렇다' 입니다.
아브라함의 아내 사라는 이미 폐경이 된 자신에게 애가 있을 것이란 말에 실없어서 웃었는데, 나중에 태어난 그 아이의 이름이 이삭(이츠하크: 그, 그녀 또는 그들이 웃었다)이었습니다. 이삭에게서 '야곱'이 나왔고, 그로부터 꿈꾸는 놈 '요셉'이 나왔습니다.

믿음은 새로운 희망의 언어를 만들어 내는 몸부림입니다.
그것이 비록 거짓말일지라도.

어찌 남의 지도로 길을 가는가?

"구절산(750m)은 춘천시 동산면 봉명리를 산행 들머리로 한다. 들머리에는 강원대학교 산림과학대학 연습림 봉명 관리소가 있다. 관리소 정문 조금 못 미친 마지막 농가 옆으로 무덤이 있고, 무덤 뒤로 능선 길이 뚜렷이 이어진다."

산행 지도에는 이렇게 안내되어 있습니다.

그래서 그 길로 구절산을 오르기 위해 지난 월요일 아침에 여럿이 그리로 향했습니다. 산행 지도가 지시하는 그곳, 관리소 정문 조금 못 미친 곳에 차를 세웠습니다. 채 자동차의 문이 닫히기도 전에 겨울 산이 찢어져라 사이렌을 울리면서, 관리소에서 나온 사람이 우리 일행을 향해 달려왔습니다. 헐떡거리며 달려와서 구절산에는 가지 못한다는 것이었습니다. 이런 낭패가 있나, 되돌아 나오지 않을 수가 없었습니다. 매주 산행을 하지만 이런 경우는 없었습니다. 그래서 일행은 홍천 방향으로 더 가다가 어느 산등성이를 들머리로 지도 없이 산을 오르자고 했습니다.

그리고 우리는 구절산에 들었습니다.

완벽한 지도가 있어야 길을 떠나는 것은 아니다. 새로 시작하는 길, 이 길도 나는 거친 약도와 나침반만 가지고 떠난다. 길을 모르면 물으면 될 것이고, 길을 잃으면 헤매면 그만이다.

이 세상에 완벽한 지도란 없다. 있다 하더라도 남의 것이다. 나는 거친 약도 위에 스스로 얻은 세부 사항으로 내 지도를 만들어 갈 작정이다. 중요한 것은 나의 목적지가 어디인지 늘 잊지 않는 마음이다. 한시도 눈을 떼지 않는 것이다. 그리고 그곳을 향해 오늘도 한 걸음씩 걸어가야 한다. 끝까지 가야 한다. 그래야 이 길로 이어진 다른 길이 보일 테니까.

— 한비야 「중국견문록」 중에서

갑자기 훨훨 타는 장작불이 보고 싶었습니다. 지난밤에 내린 눈 때문이었을 것입니다.

'어딜 가야 뜨거운 장작불을 구경하나?'

문득, 몇 해 전에 붉은 복숭아가 그려진 도자기 한 점을 지인으로부터 선물받을 때, 시간이 나면 이천에 있는 광주요(廣州窯)엘 한번 가서 보라고 했던 것이 생각났습니다.

'거기 가면 뜨거운 장작불 아궁이를 구경할 수 있을까?'

전화를 걸었습니다. 거기 가면 불 구경을 할 수 있느냐고.

"여긴 도자기 가만데요?"

그녀의 말투는 '자다 봉창 두드리냐' 였습니다.

"예, 작품 구경도 하고요, 가마에 불 넣고 있다면 그걸 구경하고 싶어서요."

그녀가 느슨한 감정으로 대답했습니다.

"호호, 선생님 같은 전화는 처음 받아요. 가마에 불은 꺼졌지만 아직 온기를 느낄 수는 있을 거예요."

어쩌랴!

뭐 아니면 뭐라고, 온기라도 얻을 수 있다면 복이지 싶었습니다.

2층 전시실의 작품들을 보노라니 곳곳에 '손대지 마세요'라는 거북스러운 문구가 불쑥불쑥 마음 길을 가로막았습니다.

"하나님이 흙으로 사람을 지으시고, 생기를 그 코에 불어넣으시니 사람이 생령이 된지라."(창 2:7).

토기장의 하나님이 우리를 하나님의 형상으로 지으셨습니다. 우리는 하나님을 닮은 작품입니다. 나는 세상에 하나밖에 없는 하나님의 걸작품입니다!

"작품에 손대지 마시오!"

마음을 활짝 열어라
그러면 그 안에
그대를 위한 자리가 있음을
알게 된다.

경상도 사람들은 선생님을 '샘'이라 부른다네.
"샘요, 샘요" 한다네.
옳다네. 선생님은 샘(泉)이라네.
제 아무리 가물어 흙물, 핏물 돌아도 샘물이라네.
글도, 꾀도, 셈도, 그림도, 춤도, 노래도 거기서 나온다네.
목사님도, 도둑도, 이발사도, 미장이도 노름꾼도 샘이 있다네.
선생님은 죽어서도 샘이라네.
땅 속에 누워서도 목마른 제자 하나 찾아올 걸 알고
골짜기에서 가장 달고 시원한 물을 준비했다가 마시게 한다네.
선생님은 샘이라네.

-윤제림 「샘」

교회 학교 학생부 아이들이 '안 에스더' 선생을 부르거나 이름
을 쓸 때 '에쌤'이라고 하기에 처음엔 그게 무슨 말인지 몰랐습
니다. 아니, 밝음이가 설명하기 전에는 이해하지 못하고 있었습

186

니다.

'에스더 선생님'의 줄임말이라는 것입니다. 선생님을 줄인 말
'샘'.

참 좋습니다.

선생님은 샘(泉)입니다.

그대가 묻는 모든 질문에 대한

모든 대답은 어디에 있는가?

그렇다.

바로 그대 안에 있다.

그런데 왜 쩔쩔 매는가?

"모르겠어" 함으로

그대 안에 있는 지혜의 샘을

닫아 버리기 때문이다.

지금 막, 예배당으로 달려나가 잠갔던 대문과 화장실 문을 열었습니다. 마음이 불안하고 집중이 안 되었기 때문입니다.

지난해 여름부터 예배당 건너편에 군인들의 조립식 병사(兵舍)를 짓는 일이 아직도 계속되고 있습니다. 규모가 작은 건물이라 간이 화장실을 장만하지도 않고, 작업 인부들은 교회 화장실을 이용했습니다. 여름엔 그런 대로, 지저분해지거나 담배 꽁초를 변기에 처넣어서 물 내리는 구멍을 막아도 그러려니 했습니다. 그런데 날씨가 추워지면서 사정이 달라졌습니다. 막힌 하수구를 뚫거나 담배 냄새를 환기시키는 일도 쉽지 않거니와, 일보고 나가면서 문을 활짝 열어 놓는 통에 화장실 수도가 얼게 된 것입니다. 드나드는 인부들에게 몇 번 말을 했지만, 인부들이 바뀌는 터라 소용이 없었습니다. 안내문을 써 붙이면 아예 떼어 내고 드나들었습니다.

오늘 아침엔 공사장에서 사용하는 물까지 예배당 화장실에서 실어 나르는 게 아닙니까!

'이만하면 나도 너그러울 만큼 너그러웠으니 이젠 문을 걸어도 야박하단 이야긴 못하겠지' 하는 마음으로 화장실과 출입문을 잠 갔었습니다.

그런데 어쩌겠습니까!

머리는 '문을 걸어라' 하고, 마음은 '너의 행위는 타당하다' 고 격려하지만 가슴이 눈을 감지 못하고 있으니!

유일한 지성은
그대의 가슴이다.
머리거나 마음을 믿지 말라.
그들은 흔들리는 바람이며
흩어지는 구름이다.
어디에서나 똑같이 현재하고 있는 '가슴'
이 지성만을 믿어라.

힘있고 멋있는 사람

　도시 계획을 전공한 서울시립대 교수가 모 언론사의 인명 사전에 등재된 공무원, 정치인, 기업인, 법조인, 언론인, 예술인 등 10개 분야 인사의 명단을 받아서 그 거주지를 분석한 결과, 전국의 소위 '파워 엘리트' 8만 5천명 중 55%인 4만7천명이 서울에 살고 있고, 그중의 약 절반 정도인 48%가 강남, 서초, 송파 지역에 집중해 모여 살고 있더라는 것입니다. 그리고 그중에서도 강남의 압구정1동이 언론인을 제외한 나머지 아홉 개 군(群)에서 단연 월등하게 1~2위를 차지하고 있더라는 것입니다.

　난 이 기사를 접하고 처음엔 기분이 나빴습니다. 그러다 차츰 기분이 괜찮아졌습니다. 기분이 나빴던 것은 열 개 분야의 인명 사전에 내 이름 석 자가 빠져 있을 것이 분명했기 때문이고, 또 점차적으로 기분이 회복된 것은 현실에 대한 책임의 압박에서 자유로울 수 있다는 안도감(?) 때문이었습니다.

　온풍기의 석유통이 삭아서 중고물품을 취급하는 고물상에 들렀습니다. 한 젊은이가 석유 스토브를 뜯어서 녹을 닦아 내는 중이었습니다. 하도 열심히 일을 하는 중이라 말도 붙이지 못하고 곁에서 한참을 지켜보게 되었습니다. 어느 때쯤 되어서야 손님이 왔다는 것을 안 젊은이가 기름 묻은 얼굴을 내게로 쳐들며 씩 웃는 것이었습니다.

"온풍기의 석유통이 있나 해서요."

젊은이는 있긴 있지만 그것만 따로 팔지는 않는다고 했습니다. 어쩌나 저쩌나 혼자 궁시렁거리면서 난감한 표정을 짓자, 그는 내 연락처를 적어 주면 찾아서 연락을 준다는 것이었습니다. 그깟 고물 석유통 하나에 뭐 연락까지 해주겠나 싶으면서도, 그냥 나올 수도 없어서 교회 이름과 전화 번호를 적어 준 게 두 달 전의 일이었습니다.

그런데 오늘 오후에 그 청년이 석유통을 싣고 교회로 오지 않았겠어요? 이미 다른 것으로 바꿔 잘 쓰고 있는데 말입니다.

그때 이런 생각이 들더군요.

"야, 이 사람이 정말 파워 엘리트다!"

실로, 나는 행복이다

데이비드 레온하트가 쓴 『행복을 찾아 주는 9가지 생각』이라는 책을 책방에서 여남은 권 구했습니다. 설날 인사를 오는 이들에게 들려 보낼 요량으로 말입니다.

직업(?)이 목사니 그들을 위해 하늘에 비는 일로도 된다는 이들도 있겠지만, 빈손으로 돌아갈 때 내 마음이 쓸쓸해지니까요. 책 말고 다른 게 있을까 궁리에 궁리를 해보지 않은 게 아닙니다. 그러나 '덕담' 을 대신할 마땅한 것을 아직 생각해 내지 못했습니다. 지난해는 『성경을 해방시켜라』라는 책으로 톡톡히 재미를 봤습니다. 책을 받아 읽은 많은 이들이 영혼이 즐거워졌다는 소식을 들려주었기 때문입니다.

엊그제 책방에서 한나절 동안 책을 고를 때부터 가슴이 설렙니다. 그러다가 결국 『행복을…』으로 정하고, 주문을 하자 그 설렘은 더욱 격렬해지는 것이었습니다. '단돈 몇 푼으로 행복을 퍼뜨리는구나' 싶었기 때문에서죠.

누군가를 위해 뭔가를 한다는 것은 결국 '나를 위한 행복' 이더군요.

　책에 보면 '당신의 존재에 행복하라' 는 대목이 있습니다. 진정으로 당신을 행복하게 만드는 것은 돈이나 권력, 명예가 아니라 바로 당신 자신이라는 것입니다. 자기를 둘러싼 모든 것들에 어떻게 반응하느냐에 달렸다는 것입니다.
　그것이 행복으로 가는 열쇠라는 것입니다.

　　　내 삶은
　　　신을 표현하는 것이다.
　　　나는 이 삶을 통해 기쁨을 느끼고 얻는다.
　　　나는 내 삶이 신성함과 권능을 입증하는
　　　기회라고 여기며, 그래서 항상 감사하다.
　　　나는
　　　이 신나는 삶의 대가로 풍성한 보상을 받는다.
　　　실로, 나는 행복이다.

한자(漢字)를 보면 '본다'는 뜻의 단어가 여러 개 있습니다. 견(見)이 있는가 하면, 간(看)이 있고, 관(觀)도 있고, 시(視)도 있습니다. 견(見)과 간(看)은 그냥 물끄러미 보는 게 아니라 눈(目)에 손(手)을 얹었으니 적극적으로, 자세히 본다는 뜻입니다. 그러나 관(觀)이나 시(視)는 적극성이 없이, 눈으로 보기보다는 마음으로 보는 추상의 세계를 나타내는 것이죠.

'본다'는 동사의 이 미시적(微視的)이고 주체적(主體的)이거나, 거시적(巨視的)이고 통시적(通時的)인 융합성은 영어에도 있습니다.

Look이라는 단어와 See라는 단어가 그것입니다.

Look은 한자의 견(見)이나 간(看)이고, See는 관(觀)이나 시(視)입니다.

그것뿐이 아닙니다.

'새의 눈 (bird's-eye view 조감도鳥瞰圖)', '벌레의 눈 (worm's-eye view 앙시도 仰視圖)'이라는 말도 있습니다. 이것

들은 모두 두 가지 눈(看 look-觀 see)으로 균형 잡힌 삶을 살라는 뜻에서 나온 말들입니다. 하나만 보지 말고, 그렇다고 멍하니 먼 산 바라보듯 하지도 말라는 것입니다.

'새의 눈'은 멀리 보고 전체를 보는 눈입니다. 객관적이고 관계를 중시하는 눈입니다. '벌레의 눈'은 가까이 보는 주체적인 눈입니다. 강렬한 자의식의 눈이지요.

눈 덮인 대룡산을 걸었습니다. 산의 중간에 해당하는 봉우리 하나에 오르면 어느 산악회에서 산의 꼭대기라는 뜻으로 '明峰. 643m. 그냥 산악회'라는 텅스텐으로 만든 팻말을 묻어 놓았습니다. 우리 일행 중에 누군가 말했습니다.

"'그냥 산악회' 멋있는데요? 우리도 '그냥' 살면 좋겠어요."

'Look' 하지 말고 'See' 하자는 것입니다.

아닙니다.

더러운 것과 흉측한 것을 꿰뚫어 보며(Watch) 살 수 있는 '두 눈'이 있어야 합니다.

소망으로 구원을 얻는다

늦은 점심을 먹다가, 냄비에 그대로 남은 두부가 아까워서 이미 숟가락을 놓고 멀찌감치 떨어져 앉아 있는 일행들에게 한 조각씩 배급하듯 나눴더니 말이 많습니다. 아직도 음식에 미련이 남았느니 어쩌니 하면서 말입니다. 그러다가 어린 시절 이야기가 나왔습니다.

배고프던, 노란 강냉이 죽이나 미군의 밀가루, 건빵, 지방을 빼지 않았던 노란 우유를 먹고 설사하던 이야기 등등. 그땐 갖고 싶은 것도 많았습니다. 그러나 그것을 손에 넣는 일은 거의 불가능이었습니다. 불가능인 줄 알면 꿈도 꾸지 말아야 했었는데, 그러나 꿈은 사라지지 않았습니다.

내가 꼭 갖고 싶었던 것들 가운데 지금도 기억나는 것이 몇 개 있습니다. 미술 시간에 흔히들 6색짜리 신신파스나 12색짜리 지구파스 같은 것을 썼는데, 가끔 2단짜리 왕자파스를 갖고 다니는 선생님 딸이 있었습니다.

나는 그때나 지금이나 그림을 잘 그리지 못합니다. 입체감이 없어섭니다. 그러나 난 그게 있으면 그림을 더 잘 그릴 수 있을 것만 같았습니다. 내가 그림을 그리지 못하는 이유는, 2단짜리 '왕자파스'가 아니기 때문이라고 마음 속에서 우기고 있었습니다. 얼었던 땅이 녹아 내리는 봄엔 고무 장화 하나 신어 보는 게 큰 소원이었습니다.

엊그제, 교우들과 심방을 하다가 '풍물 장날'이라는 이야기에 심방을 멈추고 장 구경을 나섰습니다. 별의별 상품들이 구정 명절 밑에 몰려나온 사람들과 어울려 장관이었습니다. 흥겨운 구경 끝에 나는 이른바 '스노우 부츠' 한 켤레를 1만원에 샀습니다. 신발 한 켤레가, 그것도 어린 시절 그렇게 갖고 싶었던 장화 겸용 겨울 방한화가 1만원이라니 횡재였습니다.

집에 돌아와 자랑 또 자랑, 이제 눈만 오면 된다고 또 자랑! 그런데 정말 눈이 내렸습니다.

그 날은 어린 조카들이 구정 명절을 준비하기 위해 모인(모두 일곱 명인데, 그중에 둘만 초등학교 1학년입니다) 날이었습니다. 나는 1만원에 사 두었던 장화, 눈 장화를 신고 예배당을 여섯 바퀴나 조카들과 돌았습니다.

꿈은 이루어집니다.
안 된다고 거절해 버리거나 겁먹기보다는, 먼저 소망을 품고

꿈을 꾸어 보십시오!

　엎어지며 자빠지며 철 만난 큰아버지를 따라 예배당을 돌며 눈
을 밟던 어린 조카들이 꿈꾸며 살았으면 좋겠습니다.

한 살 더 먹는 뜻

동생네 냉장고 한구석에 크고 작은 눈덩이가 몇 개 놓여 있더군요. 눈이 녹아 사라지는 것을 안타까워한 큰조카의 아이디어였죠. 어른이든 아이든, 무엇이 눈앞에서 없어지는 것에 아쉬워하는 것은 매 한가지인가 봅니다. 따끈한 떡국 한 그릇 비우며 남녀 노소 모두 한 살을 더 먹게 된 구정 날 아침, 사람들은 한 살이 더 없어지는 것에 편안해 했을까요, 허전해 했을까요?

탐스러운 눈꽃이 소복한 산길을 걸으면서 잠시 생각했죠.
"이 눈은 녹아서 어디로 갈까?"
햇볕과 바람을 맞고 내 시야에서 사라진 눈은, 그제서야 제 갈 길로 흘러가겠죠. 언덕길과 키 작은 풀섶으로, 메마른 도랑과 시내로, 한겨울 추위 속에 더 단단해지는 나무 뿌리로, 토끼와 다람쥐에겐 한 모금 생수로, 호수, 강, 바다로, 그리고 다시 하늘로. 사라진다는 것은, 어쩌면 더 아래로, 더 많은 존재를 향해 흘러가는 것이 아닐까요? 그렇다면, 아침 나절의 떡국과 더 먹은 한 살은 지극한 기쁨이 아닐까요?

올해도 목사님의 한 살이 세상 곳곳으로, 아래로, 깊은 곳으로
자유롭고 힘차게 흘러가길 바랍니다. 늘 그리셨듯이, 그러나 늘
새롭게.

　-정애성 「명상나라 자유게시판」에서

장미는
언제나 아름답고
언제나 완벽하면서 끊임없이 변화한다.
그대도 이와 같다.
그대가 어디에 있든
그대는
언제나 완벽하다.

세상이 모두 미쳤구나

화천에서 군 생활을 하다가 전역을 하게 된 젊은이가 고향인 대구로 가는 고속버스를 타게 되었습니다. 사회로 되돌아왔다는 설렘도 있었지만, 그에게는 무엇보다 그 날 옆자리에 누가 앉느냐가 더 기다려졌다지요.

그래서 그는 휴가 때마다 신문 가판대에서 사던 삼류 잡지 대신 근사한 월간지도 한 권 사고, 아가씨가 옆에 앉으면 어떻게 말을 걸어야 할지도 속으로 연습했습니다. 그렇게 정성(?)을 드린 덕분이었는지, 고속버스가 막 출발하려 할 즈음에 한 아가씨가 올라오더니 그의 옆자리에 앉았습니다. 그때 그는 하느님께 감사의 기도를 올렸다고 합니다.

"전역병의 기도를 들어주셔서 고맙습니다. 성실하게 나라를 지켰더니 이런 기회를 주시는군요. 그러나 이제부턴 제가 어떻게 이 아가씨를 사로잡나 지켜보아 주세요."

해서 막 고개를 돌려 아가씨에게 말을 걸려고 하는 순간에, 아가씨가 손 전화기(일명 핸드폰)를 꺼내더니 누군가에게 전화를 하기 시작했답니다. 옆에서 들으니 친구에게 잘 갔다오겠다는 안부 전화 같기에 '금세 끝나겠지' 하고 느긋하게 기다리기로 마음을 먹었답니다.

그런데 그녀의 전화 통화는 원주를 지나고 안동에 이르기까지 계속되었다고 합니다. 젊은이는 쏟아지는 잠을 참으며 이제나 저제나 말 걸 기회를 엿보고 있었답니다. 그러나 그녀는 방전된 건전지를 갈아 끼우면서까지 전화를 계속 하더라는 것입니다. 대구에 도착해서야 아가씨의 전화 통화는 끝났답니다.

전역병은 이런 결론을 내렸답니다.

"내가 군에 가 있는 사이에 세상이 모두 미쳤구나."

오늘 아침, 어느 라디오 방송에 소개된 아주 안타까운(?) 사연입니다.

      내가 지금
무엇에 미쳐 있는지를 알면
나를 알 수 있습니다.

새만도 못한 놈

　오래전에 아내 몰래 빚을 졌습니다. 다달이 그 이자를 갚는 고통은 아내가 이 사실을 알까 봐 염려하는 것에 비하면 아무것도 아니었습니다. 그러나 결국 들통이 나고 말았습니다. 물론, 한바탕 부부 싸움이 벌어졌죠. 그러고도 1년을 살았습니다.

　아내는 그런 내 모습이 너무 안쓰러웠던 모양입니다. 그래서 어제는 좀더 싼 이자로 돈을 빌려서 갚았습니다. 기분이 좋더군요. 마치 다리에 찼던 모래 자루를 풀어 놓은 그런 상쾌함 말입니다. 여전히 빚인데 말입니다.

　그러다가 '빚도 빛이 된다'는 나희덕의 시를 읽게 되었을 때, 그만 부끄러워지더군요. 빚을 져서가 아니라, 마땅히 지고 있어야 할 빛, 새가 하늘에 빛을 지고, 눈이 언덕에 빛을 지고 살아가는 그 시원적(始原的)인 빛에 대해서 게을렀기 때문입니다. '마땅한 빛' 까지 홀가분하게 벗어 놓고 살았기 때문입니다.

　그러니 나는 '새만도 못한 놈' 입니다.

아무도 따 가지 않은 꽃 사과야,
너도 나처럼 빚 갚으며 살고 있구나.
햇살과 바람에 붉은 살 도로 내주며
겨우내 시들어 가는구나.

월급 타서 빚 갚고 퇴직금 타서 빚 갚고
그러고도 빚이 남아 있다는 게
오늘은 웬일인지 마음 놓인다.

빚도 오래 두고 갚다 보면 빛이 된다는 걸
우리가 조금이라도 가벼워질 수 있는 건
빚이 남아 있기 때문이라는 걸 너는 알겠지,
사과가 되지 못한 꽃 사과야.

그러고도 못 다 갚으면 제 마른 육신을 남겨 두고 가면 되지
저기 좀 봐, 꽃 사과야.
하늘에 빚진 새가 날아가고 있어.
언덕에 빚진 눈이 조금씩 조금씩 녹아 가고 있어.
-나희덕 「빚은 빛이다」 전문

어부바

그리스의 동화에 '오페이로' 이야기가 있습니다.

오페이로는 세상에서 가장 힘센 존재의 부하가 되고 싶었습니다. 그래서 가장 힘센 장수의 부하가 되었습니다. 그런데 하루는 힘센 장수가 마귀를 보더니 무서워 어쩔 줄 몰라 하였습니다. 그는 장수보다 더 힘센 존재가 마귀라고 생각하고 마귀의 수하에 들어갔습니다. 세상을 괴롭히고 사람들이 쩔쩔 매는 모습은 너무나 재미있었습니다.

그런데 어느 날 마귀가 교회를 지나가다가 교회 위에 걸려 있는 십자가를 보더니 까무러칠 정도로 놀라는 것이었습니다. 그는 십자가의 주인이 마귀보다 힘세다고 생각하여 십자가의 주인을 찾아다녔습니다.

그런데 십자가의 주인을 찾는 일은 쉽지 않았습니다. 결국 세상에서 가장 힘센 사람을 찾다가 실패한 오페이로는 개울가에서 개울을 건너는 사람을 업어 주는 일을 했습니다.

어느 날 어떤 소년이 다가와서 개울을 건너려고 하였습니다.

그는 그 소년을 업어서 개울을 건넙니다. 그런데 이게 웬일입니까? 소년이 점점 무거워지는 겁니다. 개울 한가운데 이르렀을 때는 너무 무거워 발을 뗄 수가 없었습니다. 그래서 오페이로는 소년에게 물어보았습니다.

"너는 누군데 이렇게 무거우냐?"

그 소년은 대답하기를 자신이 예수라고 하였습니다.

"그런데 왜 이렇게 무거우냐? 내가 아직 이토록 무거운 사람을 업어 본 적이 없단다. 더 이상은 건너지 못하겠구나."

그때 등에 업힌 예수님은 "나는 세상의 모든 사람의 죄를 다 지고 있기 때문에 이렇게 무거운 거지요"라고 하였답니다.

오페이로는 결국 세상에서 가장 힘센 사람을, 소년을 '업어 주다' 가 만난 것입니다.

＊'어부바' 는 내 어린 시절 할머니가 당신의 등을 내게 들이대며 나를 유혹하는, 업어 주겠다는 토속의 말이었습니다.

우리는 스스로 눈을 떠야 한다

얼마 전 신문에 보도된 바로는, 중국 동중국해의 돌출부인 닝보(寧波) 지방에서 심청이 이야기가 발굴되었다고 합니다. 그래서 한국의 심청이와 연계시켜 인근 섬인 주산(舟山)에 대대적인 심청이 현장 복원 사업을 한다는 것입니다. 한국 심청이 이야기는 중국 뱃사공에게 팔려 가 인당수에 희생되어 용궁에서 환생하는데, 사실적인 것을 좋아하는 중국에서는 뱃사공들이 당시 진나라 상인 심국공(沈國公)에게 팔아 넘겨 서방님 성을 따라 '심청'이가 되었다고 합니다.

이 이야기의 발생지인 닝보는 성종 때 최부(崔溥)라는 이가 제주도에서 표류해 가다가 닿았던 곳입니다. 임진왜란 때 남장 여인 홍도(紅桃)가 뱃사람이 된 옛 연인과 해후한 곳도 바로 이곳이랍니다.

옛날 이야기가 되었습니다. 진짜 옛날 이야기 말입니다.

  이제는 부모를 위해 자기 희생을 하지 않습니다. 아버지 대신 어머니를 부르고, 눈먼 어머니를 위해 점자책을 사 드리고 배우는 것을 가르치겠다고 합니다. 그리고 삶은 각자가 배우지 않으면 안 된다고 하면서, 인당수는 그 어디에도 없다는 것입니다. 속지 말라는 것입니다. 의지하는 인생이 되지 말라는 것입니다. 스스로 눈을 뜨라는 것입니다.

  인당수에 빠질 수는 없습니다/어머니, 저는 살아서 시를 짓겠습니다/공양미 삼백 석을 구하지 못하여 당신이 평생을 어둡더라도/결코 인당수에는 빠지지 않겠습니다/
  어머니, 저는 여기 남아 책을 보겠습니다/中略/그 대신 점자책을 사 드리겠습니다/어머니, 점자 읽는 법도 가르쳐 드리지요/우리의 삶은 모두 이와 같습니다/우리들 각자가 배우지 않으면 안 되는/외국어와 같은 것/어디에도 인당수는 없습니다/어머니, 우리는 스스로 눈을 떠야 합니다.

  —김승희 「왼손을 위한 협주곡」에서

참된 사람의 가슴 속엔

어떤 아가씨가 시집을 가려고 여러 차례 선을 보았습니다. 그러다 마침내 한 남자를 만나서 결혼하게 되었습니다. 그 남자는 첫날밤 아내에게 이렇게 말했습니다.

"내가 당신을 보고 반한 것은 당신의 눈썹이 너무 매력적이었기 때문이오."

그런데 사실 그 여자에게는 병으로 인해 눈썹이 없었습니다. 그래서 매일 아침마다 그 사실을 감추기 위해 화장을 해왔던 것입니다.

그 날 이후 그녀는 더 일찍 일어나 화장을 했습니다. 남편에게 그 사실이 알려진다는 게 불안했기 때문입니다.

몇 년이 흘렀습니다.

남편의 회사가 망해 이 부부는 달동네로 이사를 가게 되었습니다. 리어커에 이삿짐을 싣고 남편은 앞에서 끌고 아내는 뒤에서 밀면서 올라갔습니다. 햇볕이 뜨거운 데다 짐은 너무 무거웠기에 두 사람은 땀을 식히기 위해 잠시 쉬어 가기로 했습니다.

남편이 손수건을 꺼내 아내의 얼굴을 닦아 주려 했습니다. 아
내는 화장으로 그려진 눈썹이 지워질까 봐 자기가 닦겠다고 했습
니다. 그러나 아내는 거듭되는 남편의 청을 뿌리칠 수가 없었습
니다. 아내는 남편이 크게 실망하는 모습을 상상하면서 눈을 감
고 얼굴을 맡겼습니다.

다 닦은 후 남편의 눈치를 살피며 눈을 떴습니다. 남편은 아무
일도 없는 듯 그저 덤덤했습니다. 아내는 얼른 거울을 꺼내 자기
얼굴을 비춰 보았습니다. 그녀의 눈썹은 그대로였습니다. 남편은
그녀의 눈썹을 그대로 두고 다른 부분만을 조심스럽게 닦아 주었
던 것입니다. 눈썹이 가짜라는 것도, 자기를 위해 매일 눈썹을 그
리는 것도, 남편은 아내의 그런 모습까지도 사랑하고 있었던 것
입니다.

강물이 말랐다고
결코 강이 사라진 것이 아니고,
옛날 부르던 노래를 잊었다고
노래가 허공 속에 없어진 것은 아니다.
참된 사람의 가슴 속엔
언제나 메아리 치는 노래와
마르지 않고 흐르는 강물 있으니.

인디언 도덕경 Native American Code of Ethics

1. 떠오르는 태양을 보며 기도하라. 혼자서 그리고 자주 기도하라. 그대가 무엇을 말하건 위대한 영혼은 귀를 기울이리라.

2. 자신의 길을 잃은 어떤 이들을 만나거든 관대히 자비로 대하라. 길 잃은 영혼에서 솟아 나오는 것은 무지와 자만, 노여움과 질투, 그리고 욕망뿐이니. 그들이 제 길로 인도받을 수 있도록 그들을 위해 기도하라.

3. 그대 자신의 진정한 자아를 탐구하라. 다른 누구에게도 의지하지 말고, 오직 홀로 스스로의 힘으로 하라. 그대만의 고유한 여정에 다른 이가 간섭하지 못하게 하라. 이 길은 그대만의 길이요, 그대 혼자 가야 할 고유한 길임을 알라. 비록 다른 이들과 함께 걸을 수는 있으나, 다른 그 어느 누구도 그대의 고유한 선택의 길을 대신 가 줄 수 없음을 알라.

4. 그대의 거처에 머물고 있는 인연 있는 이들을 잘 배려하라. 가장 좋은 숙식을 제공하고, 그들을 존경과 경이로 대하라.

5. 자신의 것이 아닌 것을 탐하지 말라. 그것이 사람이든, 공동

체든, 버려진 것이든, 그 무엇이라도 그대의 땀과 노력이 스며 들지 않은 곳은 그대의 것이 아닐 것이라.

6. 이 땅에 존재하는 모든 만물에 감사와 경의를 표하라. 인간이든 동식물이든 그 모든 것에.

7. 다른 이의 생각과 소망과 말들에 경의를 표하라. 비록 그대의 것과 같지 않을지라도 결코 간섭하거나 비난하거나 비웃지 말라. 각각의 모든 고유한 개성을 가진 사람들은, 그들의 정도에 가장 알맞은 여정을 가지고 있기에, 그들 자신의 길을 가게 허용하라.

8. 다른 이들에게 험담하거나 악담하지 말라. 그대가 우주를 향해 방사한 그 부정적인 에너지는 몇 갑절이 되어 그대에게 되돌아오게 되리라.

9. 모든 인간은 실수하게 마련이며, 용서받지 못할 그 어떠한 실수도 존재하지 않는다.

10. 부정적인 생각은 결국 육체의 질병을 일으키게 되고 마음에 영혼에 상처를 주나니, 항상 긍정적이고 밝은 면을 보는 습관을 기르도록 하라.

11. 자연과 환경은 우리를 위해 있는 것이라기보다는 우리의 소중한 한 부분이며, 그대의 지구적 공동체 가족의 동반자이리라.

12. 어린이들은 우리의 미래를 만들 씨앗들이다. 그들의 순수하

게 비어 있는 가슴을 사랑으로 채워 길러 주자. 삶의 학습과
체험의 지혜라는 물을 뿌려 주라. 그들이 성장해 나갈 때 '성
장할 수 있는 공간' 을 마련해 주라.

13. 다른 이의 가슴에 상처를 입히지 말라. 그대의 상한 감정의
독기는 결국 자신에게로 돌아오게 되리라.

14. 언제 어디서나 오직 진실함을 유지하라. 정직은 이 물질 우
주에서 삶을 가진 모두가 거쳐야 할 시험이다.

15. 그대 자신의 균형 잡힌 삶을 유지하라. 육체, 감정체, 멘탈
체, 영체 모두 어느 한 부분에만 치우침이 없이 조화롭게, 모
두 굳세고 순수하며 건강해야 한다. 건강하게 단련된 육체는
마음을 또한 강화시킨다. 의식을 풍요롭게 성장시키는 것은
손상된 감정의 상처를 치유한다.

16. 어떤 결정을 내릴 때, 자신이 되고 싶은 모습과 어떻게 대응
할 건가에 대해 인식하며 '자각' 한 상태에서 하라. 그대의 모
든 행동에 이어지는 책임은 바로 자신의 책임이기 때문이다.

17. 다른 이의 고유한 영역과 그들의 프라이버시를 존중하라. 남
의 개인적인 것에 허락 없이 접근하지 말라. 특히 다른 이가
선호하는 영적이고 종교적인 부문에 간섭하지 말라. 그것은
해서는 안 되는 것이리라.

18. 먼저 자기 자신에게 진실하자. 그대는 우선 자기 자신이 성
장하고, 자신에게 도움이 되는 것을 하고 난 연후에 다른 이

를 키워 주고, 그들의 성장을 도와주어야 한다. 자신을 잊은 상태에서 하는 봉사는 진정한 것이 아니기 때문이다.

19. 다른 이가 가진 각각의 철학적, 종교적 신념을 존중하라. 자신의 지식과 믿음이 옳다는 이유로 다른 이들에게 강요하지 말라.

20. 그대에게 주어진 물질과 행복, 그리고 행운을 다른 이들과 나누어라. 나눔과 베품, 봉사와 헌신을 필요로 하는 '자선 활동' 에 참여하도록 하라.

생존을 위한 시간

안정효라는 소설가가 있습니다. 『하얀 전쟁』, 『은마는 오지 않는다』 등의 소설을 쓴 분이죠. 언젠가 그가 이런 글을 기고한 것을 읽었습니다.

"내 나이 마흔이 되던 생일날, 정신 없이 뛰어다니며 너무도 빨리, 너무나 많은 일을 하면서 살아왔던 나의 젊은 시절이 조금도 지혜롭지 못했다는 사실을 갑자기 깨우쳤다. 그래서 나는 먹을 만큼만 벌고 대신 나 자신을 위한 시간을 누리자는 결심을 하게 되었다."

'먹을 만큼만 벌고 자신을 위한 시간을 누리겠다'는 말이 객관적이지 않은 탓에 가늠이 되지 않지만, 여하튼 이분은 나이 사십에 '봄' 날을 맞은 셈입니다.

들리는 말에 의하면, 번역가이기도 한 그는 원고지에 일일이 번호 매기는 게 번거로워 미리 번호가 매겨진 원고지를 500장씩 쌓아놓고 파지 한 장 안 내고 하루에 그걸 다 메우곤 했다지요. 그렇게 폭주 기관차 같은 추진력과 집중력을 보여 주던 이 천재가 지금은 겨우 '먹을 만큼만' 벌면서 산다는 것입니다.

'생존을 위한 시간'을 슬그머니 밀어내고 거기에 '존재하는 시간'을 들여놓은 겁니다. 삶의 양이 아니라 삶의 질에 대한 계산을 하며 살게 된 겁니다. 필요 없는 돈은 벌지 않는 대신 혼자 앉아서 생각하는 시간을 벌기 시작한 겁니다.

> 새벽 다섯시 반. 벌써 별빛이 무뎌졌다. 봄 기운에 묻힌 탓일까?
> 눈 쌓인 산등에 모여 사는 진달래 꽃봉오리가 하품을 하겠구나.
> 花, 花로다!
> **-1994년 2월 4일, 밝음이네 똥간 일기**

아이들이 아직 어렸을 때, 변기 앞에 공책 하나를 매달아 놓고 '똥 心思'를 적곤 하던 때가 있었습니다. 10년 전 '입춘' 날의 똥간 일기를 펼쳐 놓으니 거기 '존재했던 시간'들이 주루룩 쏟아지는 것이었습니다. 앞으로 10년의 설렘과 함께 말입니다.

> 뛰는 것만이
> 손을 흔드는 것만이 행동하는 것은 아니다.
> 눈을 뜰 때,
> 새롭게 눈을 뜰 때,
> 우주는 천지 창조의 첫째 날처럼 빛난다.

거듭난 흥부로 살기

「흥부전」의 한 대목에는 남의 매를 대신 맞아 주고 그 대가로 먹을 양식을 구하려는 흥부의 안타까운 이야기가 적혀 있습니다. 그나마 매 품삯도 복이 없어서 그는 빈손으로 돌아오고 맙니다. 매를 맞도록 되어 있던 죄인이 방면되었기 때문입니다. 매를 맞지 못하고, 그래서 소득 없이 풀죽어 집으로 돌아오던 흥부가 보리 타작 마당을 지나게 됩니다. 일꾼들이 도리깨로 보리를 터는 장면을 보면서 흥부는 이렇게 읊조립니다.

"에그, 이 동네는 매 풍년이 들었는데, 나는 그 흔한 매 복조차 없구나!"

슬픔을 웃음의 오브라이트Oblate로 싼 이 아이러니Irony는 비단 한국의 이야기만은 아닙니다.

옛날 영국 왕실에도 '플릭 맨'이라 하여 전문적으로 매를 맞기 위해 고용된 '매꾼'이 있었다고 전합니다. 황태자를 가르치는 선생이 장차 왕이 될 아이를 때릴 수가 없어서 아이가 보는 앞에서 다른 사람을 매질했다는 것입니다.

믿는다는 것, 믿는 사람이란 남의 매를 대신 맞아 주는 플릭 맨이라고 할 수 있습니다. 흥부나 왕실의 그 사람처럼, 돈을 받거나 고용된 억지의 행위로서가 아니라, 그저 남의 고통을 대신 지는 '매꾼' 말입니다. 남의 매를 자진해서 맞으려는 그런 '성품'을 갖고 사는 것 말입니다.

나는 이것을 '영성'이라고 합니다만, 스스로 종아리를 걷어 올리고 피가 나올 때까지 아픔을 받아들이는 그런 삶이 없습니다. 안전과 유락을 탐하는 자가 아니라 위험과 고난을 구하는 사람이 없습니다. 험한 매 자국과 거기서 흐르는 피 속에서 피어나는 장미를 얻으려는 삶이 없기 때문에, 그 어디에도 자발적 '매꾼'이 없기 때문에, 거듭난 흥부는 없고 업그레이드 된 놀부만 있어서 세상은 지금 신음중입니다.

믿는다는 것은 '거듭난 흥부'로 사는 것입니다.

당신의 냇물은 흐르지 않습니다.
깨끗해 보이지만
밑바닥에 쌓인 것들이 너무 많습니다.
도랑을 파서
쓰레기들이 떠내려가도록 하십시오.

얼굴이 잘생겨야 한다고 '얼짱', '얼짱' 하더니 이제는 몸이 잘생겨야 한다고들 합니다. 그래서 '몸짱'이 유행입니다. 이것은 모두 외모와 건강에 집중된 관심을 반영하는 것이지요.

이른바 '몸 문명의 시대'에 우리는 살고 있습니다.

하지만 '몸'이 갑자기 이 시대에 들어서 사람들의 관심이 된 것은 아닙니다.

중세에는 몸이 멸시를 받았습니다. 르네상스 시대에는 회화(繪畵)를 통해 몸이 부활했죠. 계몽주의 시대에는 위생의 관점에서 몸이 칭송받았어요. 그리고 19세기에 이르러 몸은 아주 다양한 의미를 갖기 시작했습니다. 정형외과 의사의 몸이 다르고, 운동 선수의 몸이 다르며, 배우의 몸에 대한 관심이 각각 다르게 말입니다.

이제 몸은 자아 계발을 위한 공간인 동시에 '깨달음의 공간'이라고 믿게 되었습니다. 사람들은 몸을 통해서 근원과 진리까지 파헤치려 합니다. 따라서 몸을 단련한다는 것은 곧 자아를 만들

어 가는 것이고, 몸을 재발견한다는 것은 곧 자아를 재발견한다
는 것이라고 믿습니다.

전에는 운동이 몸의 질병을 예방하는 차원이었지만, 이제는 그
것도 고전적인 개념이 되었습니다.

왜 이렇게 '몸'이 삶의 중심에 서서 문명이 되어 가는 것일까
요?

내세가 땅에 떨어지고, 위대한 메시지가 잊혀졌기 때문입니다.
정치적, 종교적, 윤리적 초월성이 추락했기 때문입니다. 그래서
'몸'에 대한 의식이 궁극적인 진리처럼 부각되고 있는 것이지요.

그래서 종교의 세계에서도, 정치의 세계에서도 시도되지 않았
던 무한성에 몸이 도전하고 있는 것입니다. 지금, 몸은 그 한계
가 없는 듯이 보입니다.

과연 몸은 그 끝이 없는 것일까요?

聖과 俗의 두 개의

다른 시간,

두 개의 다른 공간,

이 리듬 속에서만 우리들 생을 갈 수 있다.

한쪽 다리만으로는 걸을 수 없다.

그러니

깨금발로 뛰는 자들에게

올바른 행보를

그대의 리듬으로 가르쳐라.

* '깨금발'의 바른 표기는 '앙감질'입니다.

오호라, 나는 困苦한 자로다!

　뱀이 쥐 한 마리를 잡으면 똬리를 틀어 몇 분 내로 질식시켜 먹습니다. 그런데 하나의 몸통에 머리가 두 개 달린 쌍두사(雙頭蛇)는 그렇지 못합니다. 머리가 두 개라 의지와 욕구도 둘이 되기 때문입니다. 어느 쪽 머리든 쥐 한 마리를 물고 질식을 시키는 데 40분이 넘게 걸립니다.

　왜 이렇게 오래 걸리는가 하면, 쥐를 물지 않은 다른 머리, 그게 오른쪽이든 왼쪽이든, 입에 문 것이 없는 머리는 똬리를 틀 의지도 없고 먹이에 대한 집중력도 갖지 않기 때문입니다. 왼쪽의 머리는 똬리를 틀려고 하는데, 오른쪽의 머리는 다른 방향으로 먹이를 찾아 이동하려고 하기 때문에 간편하고 쉬운 일조차 곤욕을 치르는 것입니다. 그래서 쌍두사(雙頭蛇)의 수명은 보통 뱀보다 삼분의 일이 짧다고 합니다.

　뿐만 아니라 먹이를 먹으려고 하는 왼쪽 머리보다 곤욕을 치르는 것은 오른쪽 머리입니다. 40분 정도의 긴 시간을 왼쪽의 머리가 똬리를 틀기 위해 몸을 돌릴 때 오른쪽 머리는 땅에 깔리면서

온통 상처가 납니다. 쥐를 먹기 위해 애쓰고 다시 깔리지 않으려
고 버둥거리는, 몸 하나에서 일어나는 애처롭기만 한 갈등이 TV
화면을 통해 방영되었습니다.

이게 어찌 쌍두사(雙頭蛇)만의 징그러운 갈등이겠습니까.
몸은 하나인데 언제나 둘로 나뉘어 엎치락뒤치락하는, 그러면
서 스스로를 상처 내어 피 흘리게 하는 인간을 닮지 않았는가요?

내 머리에 뜨거운 물방울이 떨어지지 않는다 해도
비명을 지르고 아파하라.
그 아픔의 둘레만큼 그대는 커질 것이고,
바깥의 작은 것들은 그대의 심장으로 뛰어든다.
그래서 두 개의 머리에서 하나의 아픔을 갖을 때
그대는 '사랑'이거니!

엄마, 나만 살아서 미안해!

2001년 9월 11일 아침, 날씨는 유난히도 쾌청했다.

맨해튼으로 출근하는 남편과 딸을 전철역까지 데려다 주고 돌아와 밀린 빨래를 하고 장도 봐야겠다고 생각하고 있는데, 전화벨이 울린다. 조금전에 헤어진 딸의 전화였다.

"엄마, 조종사의 실수로 비행기가 쌍둥이 빌딩 중 하나로 들어갔어. 그 빌딩엔 큰 구멍이 났고, 지금 막 불타고 있어. 도저히 믿을 수 가 없어."

그런데 몇 분 후, 딸은 엉엉 울면서 다시 전화를 걸어왔다.

"엄마, 조종사의 실수가 아니고 테러야. 엄마, 나 무서워, 어떡해. 쌍둥이 빌딩이 우리 회사 빌딩 쪽으로 넘어질 것만 같아."

텔레비전을 보니 두 번째 빌딩이 붕괴되고 있었고, 그와 동시에 딸의 전화도 끊어졌다. 마른하늘에 날벼락이라더니!! 딸의 휴대폰도, 회사 전화도 모두 불통이었다. 별별 상상을 다하며 딸의 전화를 기다렸지만, 연락이 없었다. 남편에게서 전화가 왔지만, 맨해튼의 모든 전화가 불통이라고 했다. 가슴을 졸이기는 남편도 마찬가지였다.

드디어 오후 4시가 넘어서야 딸에게서 연락이 왔다. 버스, 전철, 기차, 택시 등 모든 교통 수단의 운행이 중지되었기에 지금 걸어서 윌리엄스 버그 브리지로 가고 있으며, 브루클린에서 차를 타고 집에 갈 것이라고 했다.

"엄마, 나는 살려고 다리 쪽으로 도망치고 있는데, 소방관 아저씨들과 경찰관 아저씨들은 위험한 쌍둥이 빌딩 쪽으로 달려가고 있으니, 너무 미안해. 앞으로 뛰어야 할지, 뒤로 뛰어야 할지, 그 자리에 주저앉아야 할지 모르겠어. 엄마, 나… 살아서 죽은 사람들한테 미안해서 어쩌지?"

딸은 계속 울었다.

'그래도 엄마는 너만 무사하면 그만이다' 며 속으로 가슴을 쓸어 내렸지만, 그토록 고운 마음씨를 가진 딸에게 차마 그런 말을 할 수는 없었다.

-변순옥 「프랑크푸르트 감리교회 홈」에서

오늘.
어제 죽은 사람들이 그토록 살아 보고 싶어했던 날입니다.

어떻게 증명하랴

내가 한낱 포식補食하기 위해서만

이빨과 발톱을 갈고 있는 짐승이 아니라는 것을.

내가 인간이라는 것을,

살아남은 자의 미안함을 먹을 것, 입을 것, 잠잘 것에 팔고,

눈물마저 팔아 버리는

짐승이 아니라는 것을 무엇으로 증명하랴!

흰 것을 알면서 검은 것을 지키라

1888년 6월 중순, 조선에는 서양 선교사들이 아이들을 잡아먹는다는 소문이 퍼졌다. 서울 주재 청국 대표인 원세개의 부하들이 서울 장안에 퍼뜨린 어리석은 이야기였다. 백인들이 한국 어린이들을 납치하여 눈을 도려 내서 사진기 렌즈로 사용하고, 나머지는 끓여서 약으로 사용하고 있다는 내용이었다. 그들은 서양인들이 젖소를 갖고 있지 않으면서 우유를 갖고 있다고 떠벌렸다. 분명히 이런 연유(煉乳)는 한국인 여자들의 젖가슴을 잘라서 만들었다는 것이었다. 이러한 소문을 곧이곧대로 믿게 되었다.

－이형래 「예수를 배반한 기독교」 중에서

고등학교 1학년 때, 그러니까 1975년 즈음에 나는 카메라 하나를 손에 넣었습니다. 우리 나라에서 만든 최초의 보급형 사진기라서 제법 싼값(?)에 구입한 나는 흑백 사진을 찍고 또 찍는 사치를 부렸습니다. 이제 그 사진기는 골동품 취급을 당합니다. 그와 같은 저가의 수동식 카메라는 구경도 할 수 없을 뿐만 아니라,

아예 필름을 사용하지 않는 '디지털 카메라'가 보편화되었기 때문입니다.

오늘 삼악산에 올랐습니다.

정상(657m)에 오르자 먼저 와 있던 사람들이 사진을 찍어 날랍니다. '셔터만 누르면 되겠지' 하고 카메라를 받았는데 아차, 구경만 하던 그 '디지털' 카메라였습니다. 나는 아직 한 번도 그 카메라로 사진을 찍어 본 일이 없습니다. 그러니 오죽했을까. 어리버리하다가 얼른 눌러 버리고 말았습니다.

아이들의 눈으로 카메라를 만들었다고 믿었던, 에누리로 살던 시대의 사람들에게서 생명을 느낍니다. 단절적인 정확성만을 찬양하는 시대의 사람들에게선 이미 '얼굴'은 사라지고 '번호'만 있기 때문입니다.

자신의 영광을 알면서 자신의 치욕을 지키면
천하의 낮은 데가 된다.
천하의 낮은 곳이 되어 덕이 충만해지면
나무의 소박함으로 돌아간다.
나무는 다시 그릇이 되는 바
성인은 이 이치를 따라 산다.
그러므로 위대한 재단사는 잘라 버리지 않는다.

－『도덕경』 28장 일부

겨우내 어머니가 주신 콩나물 콩으로 콩나물을 길러 먹었다. 오늘 저녁, 밥공기로 한 그릇 남아 있는 콩을 전부 쟁반 위에 쏟았다. 쥐눈이 콩보다 더 작은 콩나물 콩은 허연 쟁반 위에서 반들거리며 윤기가 났다. 나는 돌과 찌그러진 콩, 갈라져 싹이 나지 않을 반쪽이 콩을 골라냈다. 좋은 콩나물로 자랄 콩은 모양새부터가 매끄럽고 흠이 없다. 어쩌다 쭉정이가 들어가서 섞이게 되면 옆에 있는 멀쩡한 콩나물이 자라는 데도 지장을 준다. 그런 콩은 싹이 나기는 하지만 도중에 뿌리를 내리지 못하고 대가리만 크게 자라다가 제 몸이 절로 뭉그러진다.

골라 놓은 똘방똘방한 콩나물 콩에 미지근한 물을 부어 하룻밤을 불리면 연하고 보드라운 싹을 볼 수 있다. 언제나 그렇지만 삐죽이 드러낸 싹을 확인하는 순간 내 마음이 설렌다. 어쩜 싹을 틔우느라 밤새 몸살을 했을 여린 콩나물이 대견해 보인다. 오가며 물을 주고 사나흘이 지나면 눈에 띄게 키가 크고 뿌리는 튼실하게 아래로 뻗는다. 직접 키운 콩나물, 그 고소하고 그윽한 맛이란 공장에서 키워 내는 것과는 견줄 게 못 된다. 그걸 가까운 이웃과 나누고 되받는 인사는 또 얼마나 푸짐한가. 이웃들은 콩나물 한 주먹이 아니라 여러 날 공들인 정성을 받았다고 여기는 것이다.

자랄수록 고개를 숙이고 껍질을 떨궈 내는 콩나물, 그 소박하고 친근한 콩나물처럼 어우러져 살고 싶다.

-한미숙

우리에게 주소서
상처를 덮고, 오물을 덮고,
내 논과 네 논 사이를 갈라놓는 논두렁길을 덮고,
파랗고 까만 색깔이 서로 다른 지붕을 덮고,
천지 창조의 첫날처럼
땅이 굳기 이전의 그런 세계로 돌아가게 하는
사랑의 삶을 주소서.

자네, 지금 어딜 가는가?

행복하려면 두 가지 길이 있습니다. 하나는 '가득 채웠을 때 오는 행복'이고, 다른 하나는 '비웠을 때 오는 행복'입니다.

앞의 행복은 또 다른 욕망을 불러오는 헙헙한 행복이지만, 후자의 행복은 아무것도 바랄 것 없는, 평화롭고 무한하며 고요한 행복입니다. 모든 성자들이 '마음을 비워라', '그 마음을 놓아라' 하는 이유는, 바로 비웠을 때 오는 행복이 지고한 참된 행복이기 때문일 것입니다.

무엇을 바라는가!

가장 되고 싶은, 하고 싶은 것은 무엇인가! 가만히 마음을 비추어 보고, 바로 그놈이 비워야 할 것임을 알아야 합니다.

비운다는 것은 하지 않음을 이르는 것이 아니라, 걸리지 않음, 집착하지 않음을 이르는 것입니다. 언제라도 포기할 수 있고, 결과에 연연해 하지 않을 수 있음을 말하는 것입니다.

채우는 행복과 비우는 행복, 둘 중에 하나를 골라야 합니다.

-샤를르 푸코

엊그제 아침에 아내가 눈을 뜨더니 내게 이렇게 말하는 것이었습니다.

"지난밤에 수술하느라고 고생 많이 했어요."

"엉? 웬 수술?"

"당신과 나를 분리하는 수술 말예요."

어느 날엔가는 우리가 모두 이런 수술을 해야 합니다. 이를수록 좋은 이 수술은 스스로 해야만 합니다.

새처럼 날고 싶은가, 매달려 가지 마라.
사랑하고 싶은가, 매달려 가지 마라.
소유하고 싶은가, 매달려 가지 마라.
벗어나고 싶은가, 매달려 가지 마라.
삶이 이토록 힘들고 괴로운 것은, 다 매달려 가기 때문일세!

묵은 닭을 삶을 때

“아! 닭이 왔어요, 닭이! 병아리도 있어요, 병아리!”

“옳지 됐다! 닭을 사서 육계장을 끓이면 되겠다”고 아내와 의견 일치를 보았습니다. 아내가 다른 건 잘 못해도 친정어머니께 육계장 끓이는 건 제대로 배워서 자신 있었나 봅니다. 값도 세 마리에 3천원, 한 마리에 1천원 꼴이니 엄청 싸대요.

잡아 털까지 벗겨 놓은 놈을 양은솥에 집어넣고 장작불을 때가면서 빨리 닭이 삶아지기를 기다렸습니다. 삶은 고기를 잘게 찢어 갖은 양념에 고춧가루 듬뿍 넣고 푹 끓여야 맛있는 육계장이 됩니다.

그런데 물이 펄펄 끓어서 젓가락으로 고기가 익었나, 안 익었나 찔러 보니 전혀 들어가지가 않는 것이었습니다. 해는 저물어 가고 있었습니다. 다시 솥뚜껑을 열고 젓가락으로 익었나, 안 익었나, 아무리 찔러 보아도 고기가 익을 생각을 안 합니다. 미치고 환장하겠더라고요.

아내와 나는 허둥지둥 육계장이고 뭐고 소금이나 찍어 먹어야

겠다고 생각했습니다. 그런데 이놈의 닭이 3시간 넘게 삶았는데도 완전히 고무 타이어였습니다. 말만 들었지 묵은 닭이 그렇게 질긴 줄 처음 알았습니다. 한참 세월이 지난 다음에 알았는데, 묵은 닭을 삶을 때는 소다를 한줌 집어넣고 끓이면 고기가 금방 물러진다는 겁니다.

교회에서 부흥회를 하면 부흥 강사들이 오래된 신자들을 곧잘 '묵은 닭'에 비유합니다. 만약 내가 우리 교회에서 이 말을 했다간 그 날로 쫓겨날지 모릅니다. 그런데 부흥 강사들이 그러면 좋다고, 재밌다고 웃고, 담임 목사가 얘기하면 기분 나쁜 이유는 무엇입니까? 담임 목사는 계속 머무를 사람이고, 부흥 강사는 부흥회만 끝나면 곧 떠날 사람이니 그렇다는 것은 좀 궁색한 생각 아닙니까?
여하간, 묵은 닭을 삶을 때는 소다를 넣어서 끓이면 된답니다. 그 일이 있고 한참 후에 들은 이야기입니다.

-박철「뉴스엔조이」

맨손으로 종기를 짜는 시골 의사,
먼지와 쓰레기를 치는 하녀,
남의 슬픔을 대신 울어 주는 문상객,
문신 속에 그려진 독수리,
병원 대기실의 의자….
그런 역할만으로 그대는 거기 있어라!

금년 봄에 새내기 대학생이 되는 딸아이는 아직도 만화책을 옆구리에 끼고 다닙니다. 하긴, 스위스에서 공부하는 큰딸조차 이런저런 만화책을 좀 보내 달라고 하는 정도니, 더 말해 무엇하겠습니까!

작은아이가 '새내기 모임'에 간다고 하던 날, 모처럼 아이의 방에 들어가게 되었습니다. 책상 위에 놓여 있는 기초 화장품 두어 점이 눈에 들어오고, 벽을 따라 쌓여 있는 만화책이 눈에 띕니다. 그중에 한 권을 뽑아 들었습니다.

제목이 『슬램덩크』입니다. 농구 만화였습니다. '농구장에 간단 말은 한 번도 듣질 못했는데, 애가 농구를 좋아했나?' 하면서 만화책을 펼쳤습니다. 이미 나에겐 문장이 낯설고 선은 어지럽습니다.

농구라고는 해본 적이 없는 불량소년 강백호가 농구부에 가입합니다. 그러나 연습을 거듭하면서 강백호는 농구의 진정한 재미

를 알게 되고, 마침내 강하고 실력 있는 '바스켓 맨'이 된다는 내
용인 듯하였습니다.

어느 날 강팀과 시합을 하게 되는데, 경기 종료 불과 몇 초를
남겨 두고 한 점 차이로 지고 있는 상황에서 강백호의 공격 기회
가 왔습니다. 그 다급한 찰나에 강백호는 중얼거립니다.

"왼손은 거들 뿐."

오른손에 힘을 실어 공을 던질 때, 왼손은 살짝 받쳐 주는 느
낌으로 슛을 하라는 것이 농구의 기본이랍니다. 강백호는 그 절
체 절명의 다급한 상황에 초심을 상기했던 것입니다. 진정한 강
자의 뜻을 읽는 순간이었습니다.

새로 되는 장로들의 면면을 알아보는 소위 '집단 성품 심사'가
있었습니다. 이런 일에는 늘 뒷말이 있기 마련입니다. 우리 교회
에도 두 사람이 여기 참석을 하게 되었는데, 한 이가 내게 이럽
니다.

"목사님. 오늘 심사위원들이 뭘 질문했는지 안 물어 보세요?"

"말해 보세요."

"장로가 목사님에게는 신체 구조로 치면 뭐냐고 그랬어요."

"그래서요?"

"오른팔이라고 그랬어요."

"그게 뭔 뜻인데요?"

“목사님을 잘 보필(?)하라는 것이죠.”

“오른팔이 그렇게도 쓰이지만, 뒤통수를 때릴 때도, 멱살을 잡을 때도, 비난을 할 때도, 잡아끌어 내릴 때도 사용하는데요?”

나는 ‘나’에게, 그리고 새로 되는 내 교회 ‘장로’에게 말합니다.

왼손은 거들 뿐!

아름다운 맑은 가슴에서

　서글프고 답답하고 무료할 때, 무엇을 지루하게 기다려야 할 때, 억울하고 분하여 무슨 짓이든 저지르고 싶을 때, 온 세상으로부터 배신당했다는 감회가 밀려올 때, 그리하여 아무도 대면하고 싶지 않을 때, 사람들이 극도로 경멸스러운 미물로 보일 때, 한마디로 삶을 지속하기가 몹시 힘겹게 느껴질 때, 농담은 고여서 썩고 있는 물을 흘러가게 해주는 배수로의 역할을 한다. 처절한 슬픔과 절망감에 사로잡혀 기가 막혀 있을 때, 우리의 숨통을 넌지시 열어 주는 것이 '농담'이다. 그것은 착한 심정이나 구애됨 없는 성품이 발산하는 일종의 향기이다.

−이형식 편역의 「농담」 서문에서

　독일의 유명한 작곡가 멘델스존의 할아버지 모세 멘델스존은 꼽추였습니다. 어느 날 모세 멘델스존은 함부르크에 있는 한 상인의 집을 방문했다가 그 집의 아름다운 딸 프룸체를 알게 되었습니다. 그는 첫눈에 그녀에게 반했습니다. 하지만 보기 흉한 그의 외모 때문에 프롬체는 그에게 눈길조차 주려고 하지 않았습니다.

집으로 돌아가야 할 시간이 다가왔을 때 모세 멘델스존은 계단을 올라가 용기를 내어 프롬체의 방으로 들어갔습니다. 그리고 대화를 시도했지만 프롬체는 대꾸조차 하지 않았습니다. 다시 모세 멘델스존은 프롬체에게 말을 걸었습니다.

"당신은 결혼할 배우자를 하늘이 정해 준다는 말을 믿나요?"

프롬체는 창 밖으로 고개를 돌린 채 차갑게 대답했습니다.

"그래요. 그러는 당신도 그 말을 믿나요?"

모세 멘델스존이 말했습니다

"그렇습니다. 한 남자가 이 세상에 태어나는 순간, 신은 그에게 장차 그의 신부가 될 여자를 정해 주지요. 내가 태어날 때에도 내게 미래의 신부가 정해졌습니다. 그런데 신은 이렇게 덧붙이는 것이었습니다. '하지만 너의 아내는 곱사등이일 것이다.' 나는 놀라서 신에게 소리쳤습니다. '안 됩니다. 신이여! 여인이 곱사등이가 되는 것은 비극입니다. 차라리 나를 꼽추로 만드시고, 나의 신부에게는 아름다움을 주십시오.' 그렇게 해서 나는 곱사등이로 태어나게 된 것입니다."

그 말이 끝나기 무섭게 프롬체는 고개를 돌려 모세 멘델스존의 눈을 바라보았답니다.

변기처럼 착한 사람이 되거라!

대구로 가는 중앙고속도로를 춘천에서 들어서서, 대룡산 중턱을 가로지른 언덕길을 한숨만큼 올라가면 휴게소가 있습니다. 언제부턴가 '음식을 먹거나 차를 마시기에 썩 괜찮은 곳'이라고들 하는 이야기를 들었지만, '고속도로 휴게소가 그렇고 그런 곳이 아니겠느냐' 라는 이른 마음 때문에 흘려 듣곤 했었습니다.

그런데, 가까운 이웃과 두부찌개로 점심을 먹는 등뒤에서 식사를 하시던 나이 지긋한 어른들이 다시 그 이야기를 하는 게 아닙니까! 입으로 두부를 떠 넣던 우리는 누구라고 할 것도 없이 그리로 차 마시러 가자고 이미 마음을 걸고 있었습니다.

춘천이 한눈에 내려다보이는 전망도 전망이지만, 야트막하게 지어진 건축이며, 장(腸)에 남아 있던 묵은 음식 찌꺼기까지 화악~ 쏟아져 나올 것 같은 화장실은 안온했습니다.

'노근이 엄마' 는 오물을 쏟아 내는 사지를 경건하게 만들고, 맛나게 음식을 한다던 휴게소의 주방장이 고등학교 동창인 것을 알았을 때는, 그렇고 그런 휴게소에 대한 그릇된 생각이 산 밑으로 줄행랑을 치고 있었습니다.

　30년 동안이나 음식 만들기를 즐겨 온 친구는, 음식뿐만 아니라 휴게소를 두루두루 돌본다면서, 자주 와서 자신이 만든 음식을 먹어 달라고 합니다. 그러지 말래도, 친구가 아니더라도 '휴게소'에 감동하고 있던 참인데, 그 맛난 여러 종류의 신식 커피와 음식을 거저 준다는데 그걸 마다하겠습니까.

내 가장 친한 친구 노근이 엄마가
지하철역 남자 화장실 청소 일을 하신다는 것을 알고부터
나는 화장실에 갈 때마다 오줌을 깨끗하게 눈다.
단 한 방울의 오줌도 변기 밖으로 흘리지 않는다.
그럴 때마다 노근이 엄마가 원래 변기는 더러운 게 아니다.
사람이 변기를 더럽게 하는 거다.
사람의 더러운 오줌을 모조리 다 받아주는 변기가 오히려 착하
다.
니는 변기처럼 그런 착한 사람이 되거라.
하고 말씀하시는 것 같다.

－정호승

말이 계절을 부른다

추위와 더위가 한 번 이루어지면 1년이 된다. 그래서 고대 중국에서는 1년을 '한서 역절(寒署易節)'로 표현하기도 하고, '춘추(春秋)'를 1년의 완성으로 보기도 한다. 노(魯)나라 역사를 토대로 공자가 편찬했다고 전해지는 '춘추'의 서명을 '춘(春)과 추(秋)'로만 쓴 것은 바로 이 때문이다. 계절을 춘·하·추·동의 네 시기로 구분한 것은 춘·추로 한참 쓰고 난 이후의 일이다. 그러니까 옛날에는 봄과 가을만 있고 여름과 겨울은 없었던 것이 아니라, '하(夏)'와 '동(冬)'이라는 단어가 아직 없어서 여름과 겨울을 인식하지 못했던 것이다. 이로써 사물은 언어의 지시로 완전히 창출되는 것이다.

－김근 「욕망하는 천자문」 중에서

찬바람이 싫지 않다고들 합니다. 그것은 이미 봄이 되었기 때문이랍니다. 겨우내 꼭꼭 닫아 두었던 자동차의 유리를 내리는 일도 망설임이 없고, 헝클어진 옷매무새를 다시 여미려고 하지도 않습니다. 창 밖으로 스쳐 지나가는, 아직은 벌거벗은 나무를 보면서 "자세히 보렴. 끝이 벌써 파르스름하게 보이지 않니?" 하는 말에 "아냐. 어느새 잎이 돋기 시작했는걸!" 하면서 되레 앞질러 말해도 웃기만 합니다. 봄은 이렇게 동물이 아닌 식물에게서부터 시작하는가 봅니다.

'봄'은 식물의 언어입니다. 눈에 띄지 않게 자라고, 요란스러운 소리를 내는 법도 없고, 활갯짓을 하며 골짜기를 건너뛰는 법도 없습니다. 기척도 없이 조용히 존재하기 때문에, 어느 때는 그것이 곁에 있는지도 모릅니다. 가을도 그렇고, 겨울도 그렇고, 여름도 그렇습니다. '秋'도 '冬'도 '夏'도 모두 식물의 언어이기 때문에, 시간이 지나 그들이 사라진 뒤에도 향내로 남아 온통 공간을 충만케 합니다. 뿐만 아니라 살아 있는 것들에게 기묘한 흥분과 삶의 숨결을 증대시킵니다.

그러나 사람들의 '언어'는 늘 정치적이고 동물적입니다. 사람들의 정치적인 언어에는 이빨과 발톱이 있습니다. 그것은 뛰고, 포효하고, 도약합니다. 힘도 있고 탄력도 있습니다. 계절이 서너 번 바뀌고 달이 떴다 지는 순환이 되풀이되면 악취를 내며 사그라져 갑니다. 동물의 언어, 사람의 정치적인 언어는 영혼을 마비시키는 독소가 있습니다.

아침부터 시작한 '회의'가 저녁이 되어서야 끝이 났습니다.

이런 날은 더욱 이빨도 발톱도 없는 식물의 언어, 사라져도 향기를 내는 봄의 언어를 갖지 못한 생이 불쌍합니다.

풍요의 꽃들을 피우는 씨앗

경북 경산에 사는 어떤 사람이 가족들과 함께 할아버지 산소에 성묘를 가게 되었습니다. 부모님과 아내, 그리고 그의 사랑하는 딸이 동행을 했습니다.

산소에 도착하자, 간단한 제수용품이 들어 있는 비닐봉지를 차에서 조심스럽게 꺼내 들었습니다. 그의 아버지가 "어서 음식을 차리고 성묘할 준비를 하려무나" 하고 말씀하셨습니다. 이에 그는 비닐봉지를 풀었습니다. 그 순간, 그는 "악!" 하고 자신도 모르게 소리를 지르고 말았습니다.

그가 봉지를 풀었을 때, 그 속에서 나온 것은 제수용품이 아니었습니다. 황당하게도, 그 비닐봉지에서 나온 것은 딸아이의 똥기저귀와 잡다한 쓰레기뿐이었습니다. 그러니까, 쓰레기가 담긴 봉지를 제수용품 봉지인 줄로 착각하고서 바꿔 가지고 나왔던 것입니다. 아버지가 얼마나 크게 노할까 생각하니, 그의 이마에서는 식은땀이 다 흘렀습니다. 그런 와중에도, 그의 아내는 눈치 없이 배를 잡고서 깔깔거리며 웃더니, 급기야는 눈물까지 흘리면서 웃어대고 있었습니다. 다행히도 아버지는 "대충 지내고 가자!"
라고 말씀하셨습니다. 아버지 말씀에, 일행은 겨우 절만 하고 황
급하게 내려와야만 했습니다.

―정수환 「감리교 게시판」에서

마땅히 있어야 할 것이 부재(不在)함으로 난감할 때, 또는 결
핍이 어둠 속에서 공포를 앞세워 들어설 때는 어떻게 해야 합니
까? 그렇습니다. 앞의 이야기에 나오는 며느리처럼 해야 합니다.
어처구니없는 행동 같지만 '불행'을 처형하는 가장 유능한 장치
입니다.

청각을 상실한 베토벤이 더 많은 소리를 들을 수 있었던 것도,
아라비아 사람들이 황량한 사막에서 '아라비안 나이트'를 지어낸
것도, 불행을 처형하는 방법이었습니다.

어떤 불행도 '처형하지 못할 것'은 없습니다. 상실이거나 결핍
이거나 부재가 생을 위협하지는 못합니다. "눈을 감아라, 그러면
그대는 보게 되리라"라는 격언이 있습니다.

부재와 결핍은 풍요의 꽃들을 피우는 씨앗입니다.

태백太白의 달을 노래하는 물

예로부터 차(茶)는 독(毒)을 없애고, 화(火)를 내리며, 담(痰)을 없애고, 설사를 멎게 하고, 피를 멈추고, 머리와 눈을 맑게 하며, 번뇌를 없애 마음을 깨끗하게 하고, 소화를 도우며, 술을 깨게 하고, 몸의 기름기를 없애 몸을 가볍게 하고, 대변과 소변을 편하게 하고, 몸에 있는 습기를 이롭게 하고, 바람을 없애고, 땀을 잘 나게 하고, 갈증을 멈추게 하여 진기를 생기게 하고, 열을 내려 더위를 없애고, 오래 먹으면 장수한다고 한다.

－서원자 「꽃술은 황금빛 노랑」 중에서

우리 동네에 차 마시기를 밥 먹기보다 더 즐겨 하는 선배가 있습니다. 거의 차에 미치다시피 하여, 서재 가득하던 책들을 밀어내고 다구(茶具)와 온갖 종류의 차들로 가득 채웠습니다. 그러다 보니 차츰 도자기며 차를 보고 고르는 안목이 높아져서, 전문가의 수준에 이르렀습니다. 나도 그 선배 덕분에 여기저기 기웃거리며 많은 것들을 배웁니다. 오늘도 그는 내게 좋은 차가 들어왔다면서 '차나 한잔 나누자'고 합니다.

　전설에 의하면 차(茶) 나무는 달마의 눈꺼풀에서 생겨났다고 합니다. 전설이니 믿거나 말거나입니다만, 잠자지 않고 수도를 하던 달마가 어느 날 너무 졸음이 와서 자신도 모르게 깜박 졸았다고 합니다. 달마는 곧 자신의 허약함을 크게 자책하면서 다시는 잠 마귀(睡魔)에게 자신을 잃지 않기 위해 눈꺼풀을 도려내 뜰로 내던져 버렸답니다. 그런데 거기서 싹이 나 나무 한 그루가 자랐는데, 훗날 이것을 차(茶)나무로 불렀다는 것입니다.

　이래서 차는 잠을 몰아내는 각성의 물입니다. 그런 뜻에서 아마 이런 전설이 만들어지지 않았을까 여겨집니다. 달마의 눈처럼 늘 깨어 있는 물이라는 뜻이겠지요. 요즘도 잠을 쫓기 위해서 차를 마시는 사람들이 있습니다.

　그러나 같은 물이지만, 누룩이 떠서 빚어진 술은 차(茶)와는 반대입니다. 잠을 쫓아 내는 것이 아니라 정신을 막막하고 깊은 수면(睡眠)의 우물에 빠트립니다. 도려낸 눈꺼풀이 아니라, 되레 눈꺼풀에 더 두꺼운 눈꺼풀을 덮어씌우는, 세계의 빛을 닫아 버리고 심해의 해조처럼 흐느적거리게 하는 눈꺼풀입니다.

　선배는 늘 깨어 있는 물만 마십니다.

　하지만 생이 균형 있어지려면, 아무 곳에서나 뜨는 태백(太白)의 달을 노래하는 물도 마셔야 한다는 게 내 생각입니다.

얼마든지 아름답게 살 수 있어요

아버지가 "밭에 일하러 가자" 하실 때 즐겁게 따라나서면, 그 날은 일도 수월하고 종일 기분도 좋았지요. 아버지도 나도.

떨어진 양말 기워 신으면 된다고 하니 어머니께서 대견하다는 듯 바라보셨지요. 작은 것도 아낄 줄 아는 그 마음이 아름답다는 뜻이었지요. 어머니도 나도.

잘못을 저질렀어도 정직하게 고백하면 할아버지께서 어깨를 두드려 주며 쉽게 용서하셨지요. 서로 사랑하면 용기가 생기지요. 할아버지도 나도.

슬픈 일을 당한 친구에게 다가가 손을 꼭 잡아 주면서 위로의 말을 전하면 친구가 눈물을 흘렸지요. 그러고 나면 새 힘이 생기고 세상이 밝아졌지요. 친구도 나도.

내가 최선을 다하는 모습을 보고 선생님이 칭찬하셨지요. 성적이 올라서가 아니라 공부하는 자세가 되었다는 것이었지요. 참 흐뭇했지요. 선생님도 나도.

어려운 일이지만 약속을 지키면 주위 사람들로부터 믿음직스런 사람이라는 말을 들었지요. 그러고 나면 신뢰감과 자신감이 생겼지요. 그들도 나도.

작은 것이라도 나누어 가지면 서로가 넉넉해졌지요. 사랑의 마음으로 나누면 기쁨은 두 배가 되었지요. 받는 사람도 주는 사람도.

우리가 기억하고 있는 아름다운 일들은 모두 이런 것들이지요. 작고, 소박하고, 정직하고, 순수하고, 따뜻한 마음들이지요. 지금도 그렇게만 하면 얼마든지 아름답게 살 수 있는데….

　　　－이보라 「싸이월드」에서

딸아이가 펼쳐 놓은 컴퓨터 화면에 떠 있는 내용입니다. 나이 든 여인인가 했더니 이제 대학엘 들어가게 된 젊은이였습니다. 어쩌면 자신의 경험이 아닐 수도 있겠다는 생각을 하면서 잠시 놀랐습니다. '요즘 아이들도 이런 생각을 하면서 살기는 사는구나' 하는 안도감도 들고요.

어제 대학교 입학식을 한 아이가 해가 떨어지지도 않았는데 집엘 들어섰습니다.

"왜 이렇게 일찍 들어오지?"

"아버지가 걱정할까 봐서요."

별거 아닌 걸로 아이는 아비 마음을 몽실몽실한 기쁨으로 채워 줍니다.

똥누며 드리는 기도

하느님, 오늘도 일용할 양식을 주신 당신께 감사를 드립니다.
밥상에 앉아 생명의 밥이신 주님을 내 안에 모시며 깊은 감사의
기도를 드리는 것처럼, 오늘 이 아침에 뒷간에 홀로 앉아 똥을 눌
때에도 기도하게 하옵소서. 내 입으로 들어가는 것이 내 뒷구멍
으로 나오는 것이오니, 오늘 내가 눈 똥을 보고 어제 내가 먹은
것을 반성하게 하옵시고, 남의 것을 빼앗아 먹지는 않았는지, 일
용할 양식 이외에 불필요한 것을 먹지는 않았는지, 이기와 탐욕
에 물든 것을 먹은 것은 없는지, 오늘 내가 눈 똥을 보고 어제 내
가 먹은 것을 묵상하게 하옵소서.

어제 사랑을 먹고 이슬을 마시고 풀잎 하나 씹어 먹으면, 오늘
내 똥은 솜털 구름에서 미끄러지듯 술술 내려오고, 어제 욕망을
먹고 이기를 마시고 남의 살을 씹어 먹으면, 오늘 내 똥은 제 아
무리 힘을 주고 문고리를 잡고 밀어내어도 똥이 똥구멍에 꽉 막
혀 내려오질 않습니다.

오, 주여 나를 불쌍히 여기소서. 똥 한번 제대로 누지 못하며

살아가는 가엾은 저를 용서하소서. 내일 눌 똥을 염려하지 않고, 오늘 내 입으로 들어갈 감미롭고 달콤함에 눈먼 장님 같은 내 인생을 용서하여 주옵소서. 하느님, 어제 먹은 것을 오늘 비우게 하시니 감사드립니다. 뒷간에 홀로 앉아 똥을 누는 시간은 내 몸을 비워 바람이 통하게 하고, 물이 흐르게 하고, 그래서 하느님 당신으로 흐르게 하는 시간임을 알게 하소서. 오늘 똥을 누지 않으면 내일 하느님을 만날 수 없음에 오늘 나는 온 힘을 다해 이슬방울 떨구며 온 정성을 다해 어제 내 입으로 들어간 것들을 반성하며 똥을 눕니다.

오늘 내가 눈 똥이 잘 썩어 내일의 양식이 되게 하시고, 오늘 내가 눈 똥이 허튼 곳에 뿌려져 대지를 오염시키고 물을 더럽히지 않게 하옵소서. 하느님. 오늘 내가 눈 똥이 굵고 노랗고 길면 어제 내가 하느님의 뜻대로 잘 살았구나, 그렇구나, 정말 그렇구나, 오늘도 그렇게 살아야지 감사하며 뒷간 문을 열고 세상으로 나오게 하옵소서.

-보나벤투라 수도원 박문식 신부

40대 이후 중년의 대장(大腸) 검사를 했더니 40% 이상이 중증의 대장 질환에 걸려 있더랍니다. 한마디로 말하면, 먹기는 잘 먹는데 배설을 잘하지 못하는 '탈'이 생겼다는 말입니다. 뭐니뭐니 해도 건강은 '잘 먹고 잘 싸는 것'이라고 할 수 있습니다. 그런데

왜 이렇게 많은 수의 사람들이 배설 기관의 장애를 가지고 있을
까요? 그것은 지나치게, 넘치게 잘 먹기 때문일 것입니다.

　　오늘 우리는 '최후의 만찬이 배설되었던 식탁'을 차려야 합니
다. 세속적인 잔치, 로마의 왕들이 벌이던 그런 만찬과 구별이 되
는 식탁을 차려야 합니다.

죽은 죽같이 드셔야 돼요

사발 장수가 등짐을 지고 마을 이 집 저 집을 다니고 있었다. 어느 모퉁이 집에서 마침 밥그릇이 필요했던 어머니가 사발 장수와 사발 한 벌을 놓고 흥정을 했다.

"이건 너무 작아서 안 되겠어요. 바깥양반 밥그릇은 좀더 커야 하니까요."

어머니 말에 사발 장수는 아주 능숙한 말로 너스레를 떨었다.

"작은 게 뭐가 안 되는가요. 밥 한 주걱 고봉으로 더 담아 내면 될 텐데요."

하기야 그것도 말이 된다. 솜씨껏 위쪽으로 부피만 높이면 되니까. 결국 어머니는 사발 장수의 너스레에 그냥 넘어가 사발을 사기로 했다. 그때였다. 곁에서 줄곧 지켜보고 있던 다섯 살배기 꼬마가 어머니 치마를 잡아당기며 황급히 말했다.

"엄마 엄마, 죽도 고봉으로 담을 수 있어?"

순간 어머니와 사발 장수 둘 다 머쓱해 버렸다. 흥정은 깨지고 사발 장수의 너스레는 들통이 나고, 어머니는 다섯 살배기 아들

놈한테 구원을 받은 셈이었다.

-권정생 2004년 3월 4일 「한겨레 신문」에서

3.1절은 공휴일입니다. 아내와 함께 잔칫집을 들렀다 영화를 보기로 했습니다. 아내와 함께 하는 얼마 만의 영화관인지, 기억도 가물가물해서 미안해 하는 내게 아내는 '그게 뭐 중요하냐'고, '오늘 당신과 함께 거리를 걷고 영화관에 앉는 것만으로도 지난 일들은 사라진다'고 평소답지 않은 아량을 보입니다.

잔칫집에서 영화관 가는 길목엔 25년 전 고등학교 때 자취하던 집도 있어서 기웃거리기도 했습니다. 그때 그대로였습니다. 세월이 모든 것을 지워도 추억은 지울 수 없는가 봅니다.

얼마나 사람이 많던지… 공휴일이라서 그런가, 잘된 영화라서 그런가, 남들이 다 보는 영화라서 그런가. 영화 보는 사람이 많은 것에 놀라고, 2시간 30분 동안이나 긴장하며 감동하느라 놀라 영화관을 나왔을 때는 배가 고팠습니다. 그래서 찾아간 곳이 '맛있는 죽 집'이었습니다.

거기서 또 한 번 놀랐는데, 죽의 종류가 정말 많았고, 의외로 젊은 사람들이 많았기 때문입니다. 우리가 그곳에서 죽을 시켜 먹는 동안 들고나는 대부분의 손님은 모두 나보다 어린 사람들이었습니다.

종류가 많고, 먹어 보지도 못한 죽이 많아 쉽지 않은 주문을 하고 나서 얼마 후에 죽 그릇이 나왔습니다. 그러나 죽은 그릇의 중간을 약간 웃돌고 있었습니다. 밥값을 훨씬 넘어서는 가격인데, 한 그릇 가득은 아니라도 보기 좋게는 줘야지 싶어 서운한 마음이 들었습니다.

"죽은 죽같이 드셔야 돼요."

아침 신문을 읽다가 '죽은 고봉으로 담을 수 없다'는 말이 '죽은 죽같이 먹으라'던 죽 집 아가씨의 말과 무슨 연관이 있는 것처럼 느껴지는 것은 무슨 까닭인지요.